脑洞师

Brain Greats

昭阳 著

中国友谊出版公司

图书在版编目（CIP）数据

脑洞师 / 昭阳著.—北京：中国友谊出版公司，2016.7

ISBN 978-7-5057-3719-8

Ⅰ. ①脑… Ⅱ. ①昭… Ⅲ. ①短篇小说－小说集－中国－当代 Ⅳ. ①I247.7

中国版本图书馆CIP数据核字（2016）第098956号

书名 脑洞师
作者 昭 阳
出版 中国友谊出版公司
发行 中国友谊出版公司
经销 新华书店
印刷 北京鹏润伟业印刷有限公司
规格 889mm×1194mm 32开
8.5印张 180千字
版次 2016年7月第1版
印次 2016年7月第1次印刷
书号 ISBN 978-7-5057-3719-8
定价 36.80元
地址 北京市朝阳区西坝河南里17号楼
邮编 100028
电话 （010）64668676

序　他就是一个拥有奇妙能力的人

刘同

我认识昭阳，纯属偶然。

10年前，我要给光线做一个新的脱口秀的节目。可当时的我不知道什么是脱口秀，只能上百度找找资料。当年的百度对脱口秀的注解同样匮乏，我顺着网页一直翻啊翻，怎么也找不到有用的信息。就在我焦头烂额的时候，我看到一个博客，里面有一篇很详细的关于不同地区脱口秀对比的文章。这些脱口秀有台湾的、香港的、内地的，文章里细数了各个脱口秀的环节跟特征。

看完文章之后，如醍醐灌顶一般，我引用了

文章里诸多精彩的观点跟建议。为表达对他的感谢跟欣赏，我在他博客里留言，一来二去，我们就认识了。

其实认识之后我们俩也未曾谋面，只是偶尔聊聊天，交流想法。慢慢地，我发现他是一个特别神奇的人。每当我们聊起电视节目的时候，他总能带着自己的观点娓娓道来。好像全世界各种节目他都知道，他都看过，而且他也知道不同的节目该去哪些地方看。

学知识很重要，去哪学习也很重要，现在想来，昭阳算得上是我人生中遇见的第一个特别会收集信息的人。

那段时间我还在负责卫视的一档节目，除了我爸妈，大概只有昭阳会盯着我的每一期节目看。一旦节目播出，昭阳就会给我提各式各样的改进意见，而且他总能找到别的节目里更好的做法来帮助我。我为此充满感激之情。

直到七八年前，光线让我负责一档节目——《中国娱乐报道》。这一档彼时最红的电视节目让我惊喜又惶恐，压力不期而至。我就想，如果有个人能来帮帮我该有多好，我第一个就想到了昭阳。我试着问他要不要来光线，做我的副主编，我不知道他会不会拒绝我。

其实直到那时候，我们依旧没有正式地会面，我甚至不知道他在哪儿，正在做着什么工作。接到电话以后，他回答我说他想想。过了10分钟，他又给我回电话，说他来。

第二天他就到了，那时候我才知道他来自广州，是某网络通信集团的一名客服人员。他不是做电视的，他之所以会如此专业，完全是出于他对这个行业的热爱。

直到那个时候，昭阳的形象才渐渐完整清晰起来。

往后我跟他合作这么多年，越发觉得他是一个随时“更新”自己的人，他总能在各种情况下给大家提供很多信息，这些信息最终都会变成有价值的参考资料。他的脑袋里装满了奇思妙想，天马行空的思维跟永无止境的学习让他成了一个不可替代的人。

除此之外，他充满毅力且行事稳健。比如我很佩服他的一件事情，就是这么多年他一直保持一个习惯——每天晨跑10公里来保持自己的身材。我觉得像他这样的人现在是很少有的。他很冷静地生活于沉底之中，常常能在生活的细枝末节中观察到各种各样的事情，这在今天这个浮躁的社会难能可贵。

他每次跟我说过的话，跟同事说过的话，以及他每次写下的东西，我都会读个好几次。因为他总会在不经意间给我带来许多灵感。所以当他让我为他的新书写点东西的时候，我毫不犹疑地答应了下来。因为这么多年来，昭阳对我而言是一个特别特别的存在，而这本书对他而言也一定是一个特别的存在，所以我一定要告诉大家与这个特别的人相识的过程，并将他的特别分享给大家。

这本《脑洞师》一定会是一本我时常带在身边的书，我依旧会从他的文字里找寻灵感。就像当年的那个我一样，这应该会是一个奇妙的体验。

目录

奇怪的我的奇怪想法

前言

人们总会遭遇一些奇怪的事情，但也不会因此就变成英雄。有时转瞬即逝，好像一场春梦；有时潜入生活，改变整个人生；有时还无法对人述说，因为会被说神经有问题。

《脑洞师》收集好像可能会发生的都市传说，不一定有鬼，但一定很神。

有时候，你会宁愿活在那个不可能的明天，但是，奇迹总是转瞬即逝。你可能眼睁睁地看着各种不可思议的事情在发生，但你的重心和注意力只是被一些俗套的琐事封住，让它们一再错过。

奇怪的世界

小号

这个世界上没有小号，
只有不重要的人。

……

“我要不要删除这个号呢？”

王等等心中犹豫了一下，这个号是当初为了攻击冰冰而诞生的，但是中间为了伪装，也像模像样地发表了一些生活状态。突然要删除的话，就好像生活中会丢失一部分，是那种即使丢失了人们也不会察觉，也不会可惜，但是总觉得还是放在一边的好。

这种心理上的杂物堆积着，抛弃和整理好都是理所当然的事情，最后的选择也都是放在一边。

实际上这种小号王等等有200多个。他模拟着各色人等，编造着他们的故事，像真的存在于这个世界上一样。当然，这并不意味着王等等就需要分裂成200多个人格。

小号活着的意义就是去攻击那些既定目标啊！王等等需要管理的小号实在是有点多。他觉得自己是这个行业里的佼佼者。因为不同于那些重复发着差不多语言的僵尸号，王等等给自己错综复杂的小号们分门别类，有几个号之间还是亲戚关系。

陈姨最近就举报了想侵占自己房产的儿子上传黄色图片。儿子反诉成功，没有被追究。但是两人彻底闹翻，也互相取消了关注。但是，当一则私信出现的时候，两个人就好像收到脑中的声音指令一样，疯狂地挂在网上去攻击那个叫冰冰的微博号。一方在底下大骂当事人是婊子，另一方在楼下大声叫好（楼下，指的是后几个留言者）。跟着不仅有呐喊助威的，还有陈姨的表侄女，几堆人你来我往，投入进去看的人心里也会生出这个冰冰好像真的值得骂一样的念头。

三个人都是王等等，都是王等等注册的小号，他们当下的任务就是攻击冰冰。他们都有自己的私生活，都有自己的关系网。他们大部分在网上的留言，显得像是真的存在于这个世界上一样。

那几则对冰冰的攻击内容，在旁人看起来，只是无关紧要的小插曲。虽然最后会形成难以逆转的舆论导向，但没有人觉得这下方多了几个相互飙脏话的ID，中间会有什么关系。很显然是有人希望冰冰身败名裂，但和我有什么关系呢？王等等在打开网上银行看到新增加的余额时，忽然想到。

王等等很满意自己这种“我创造出了社会”的创作状态，他甚至觉得满足感都有点来自于对那个冰冰的攻击了。

王等等叫了个豪华套餐外卖到家里来，打算犒劳一下自己。现在网上显示，很多地方这个时间点都不送货，只有点M记好一些。王等等的饥饿感让理智失去了一些判断，迅速吃掉一些高热量的东西，比刚刚想到的所谓豪华套餐要重要多了。

送餐时间需要3个小时！看到提示的王等等有些恼火，我又不是住在乡下，你们走路都比这个快吧。是不是要让这家快餐店身败名裂呢？我可是拥有200多个ID小号的控制者啊，虚构一个餐饮业用耗子肉的假新闻，分分钟就能让你们上头条啊。王等等脑海里冒出这个想法的时候，背后突然一股刺痛袭来。他捂着背，挣扎着上了自己的床，叫唤了一阵子。

等他醒过来的时候是房间外面门铃响起来的时候，外卖送到了。

“你们真够可以的，一个汉堡包可以送3个小时。”王等等说。

“等你吃完就不会生气了。”送餐员脸上没有露出抱歉的笑容，甚至有点像知道自己家的狗春天会固定躁动一样，平静地给出建议。而王等等心里冒出来的想法也居然是——他说得对。

于是他接过餐盒，摸着外面渗着油脂的包装盒，开玩笑地说着：“这个盒子好像二手的一样啊。”

送餐员抬头怒视着他，一种少废话的脸色跑了上来。这让平时就不惹事的王等等赶紧把语气缓和下来。“东西好吃最重要，东西好吃最重要。”送餐员主动把大门关闭，用力颇大。王等等好像还听到了上锁的声音。

“怎么全世界都是这个鬼脾气。”王等等想冲出去和送餐员干一架，背后那个刺痛也就在这个时候跑了出来，他喘了几口气，失去了走出房间的动力，还是先把眼前这个看起来不怎么样的二手汉堡消灭了吧。

吃着快餐的王等等，说不上狼吞虎咽，但速度也是很快的。快餐也许是吃过太多次的缘故，难以让人感觉到咀嚼的快感，潮湿的棉被慢慢熄灭了差点蔓延开来的火焰。居然没有之前的那股子气了。应该还有更重要的事情要做啊。王等等开始有点厌烦那些时不时从心里面冒出来的话。这根本不是我想做的事情啊，为什么会突然冒出这些奇怪的想法呢？

更像是种命令，不跟随着这种想法的话，身上就会开始产生奇怪的痛感，让自己不得不去做。

甚至有时候，完成这种“命令”之后，也会感觉自己身体开始分泌一种舒爽的感觉。比做爱还爽呢！王等等不相信自己会给这种感受附上这样一个形容词。但他也在提醒着自己，这种脑子里面的声音有违反常规的部分。因为有时候，这种声音在阻止自己走出家门。

外面有什么好玩的呢？看脸又看背景，而我一个来首都打工的农村子弟，美妞儿们看都不会看我一眼。还是网络世界好啊，女神冰冰就这么被我折磨得生不如死，她永远也不会知道，她觉得社会上那么多人讨厌她，其实都是我的杰作，而我因此得到的报酬，足以让家乡的几个长辈付得起他们难以承受的医药费。

王等等吃得够饱了，他要准备开始工作。今天的任务是更新300个状态，模拟100种人生。他要好好查一下，大家都是怎么活的。这个说起来是庞大的工程，电脑桌面上有一个图标是像辞典一样的东西，只需要点击它，在输入框里打进“忧郁的富二代少女”几个关键词，运行不过半秒钟的时间，就会有一则“叔叔把准备要给我的玛莎拉蒂给撞坏了”上了新闻头条。王等等建议把它换成“包包给我”几个字生成出来，附带着一个你记不起长相，但撞入眼睛又觉得是一个美女的自拍照。只要配合这种指引，发个微博状态就好了。

王等等一般不喜欢用这个辞典，他有点喜欢自己的创造。脑海中去扮演别人的生活，每次为此写出比较好的微博，哪怕转发和评论数都很一般，王等等都会感觉到身心特别愉悦。

中间这么多“创作”过程，终极目的也就是为了在夜晚10点23分的时候，集体用这100个号去那个叫baliBABY的微博状态下去留言。这次是要集体作为粉丝的状态，要让微博的服务器去相信baliBABY红的不得了，红的程度已经超过了前面几代，是但凡叫BABY的人的总和。对于捧人这种事情，王等等觉得比骂人要来得舒服一些，所以他内心也就空出了一些地方，开始琢磨一下自己的生活。

因为他发现，自己已经很久没有看到日历了。电脑里面没有任何日期的提示，只有每天过到几点而已。用最简单的办法，就是在搜索引擎里面搜索：今天是哪一天？今年是哪一年？现在是几月份？电脑都会莫名地死机，且很久都不动弹。

他准备抱起电脑出门去，背后的痛又开始发作了，于是就躺在床上休息几个小时。

等醒过来的时候，内心却忘了要去查日历这个想法。因为又接到一个新的任务，他又准备要启动他那200多个小号，去攻击谁或者赞美谁了。

“我大概已经半年没有走出这个房间了吧。”王等等准备把这几个字写下来，哪怕他当下找不到笔。

“就是刻也要刻到桌子上啊。这个世界是不是有点不正常啊？”

硬要说不正常，常常通过网络视频和家里人、朋友、同学聊天，好像自己还和世界有点联系的啊。具体聊了什么，又完全想不起来。

还想继续想下去，王等等觉得背上的刺痛又开始发作了。他从书桌上滚到地板上，翻来翻去，开始在墙上剐蹭。这是有效果的，他的痛感没有以前那么明显了。仿佛之前有人用棍子猛击自己，而现在对方却找不到着力点了。背痛逐渐消失。

王等等开始观察这个自己已经好几个月没有出去的房间，一张已经被睡灰的弹簧床，一直亮着红色警报的电脑屏幕，地面上是他刚刚吃剩下的汉堡，现在看上去，像是有点发黑的馒头。

他的眼睛已经难以寻找到其他物体，这个房间怎么比之前的小了那么多，这个之前也只是几秒之前啊。背上的痛感消失之后，为什么我在墙上剐蹭？怎么会被突然囚禁到这里来呢？王等等心里冒出了“囚禁”这个词，背上湿了一大片。眼前的事物反而更加清晰起来，他的确是处在一个狭小的空间里面。光源有两处，一个是红色的电脑屏幕，另一个是门缝边缘透进来的，分不清是黄色还是白色的一片投影。

王等等想站起来，但他的力气只有坐的份儿。他低头看见自己的衣服，也和刚才的完全不同，发皱又发臭。此时此刻，他觉得背部的疼痛舒缓了一些。除了观察这个实际上没几件东西的黑屋子以外，他开始发现自己也有了一些变化。

原来自己不是有些肚子吗？长期玩电脑，喝可乐，吃垃圾快餐，自己早就呈现出一副中年人的样子。但是现在身体看起来却是极度营养不良的模样。

摸着腹部上的骨头，他想到了前几天在网上转发的那个挨饿的非洲小孩的照片。

此时此刻，王等等脑海里调动了他能够回忆起来的科幻小说、玄幻故事、民间传说，没有一个能解释现在这个情况。现在的他，连自己是不是在北京都不知道。一切，都是从他用背剐蹭那面墙开始的。《电锯狂人》？《沉默的羔羊》？《人体蜈蚣》？王等等一下子想起了好几部经典恐怖片，这样思考的结果就是等一会儿房间里面的门打开后，他将迎接一个吃人狂魔，或者变态医生，而凭自己现在的这个身体，是没有办法打败对方的。

王等等没有办法站立，他开始意识到自己是在控制一个新的身体，一个极度虚弱的身体。他想找一个反光体，看看是不是脸也发生了变化，但是，就连抬头呼吸也变成了一个严峻的工程。

“我绝对不能晕过去。”一个念头这样撑着。

“或许就这么晕过去也好，说不定就是一场梦，醒来的时候，自己还是那个在北京打工的网络水军狗。”另一个念头冒出来。但是这另一个念头冒得很奇怪，更像是旁边有一个人在蛊惑自己说，而非自己所想。

身体开始痉挛。“我绝对不能晕过去。”王等等觉得这是自己想说的话。伴随而来的是一股刺耳的鸣叫声，是那台电脑发出来的，且这种鸣叫声已经呼叫好一阵子了。

王等等又模模糊糊地观察了这个空间。他准备放弃，他要晕过去。他要回到原来的世界，那个有点无趣，但自己还活得像个“人样”的世界。那个依旧没有人和自己沟通，但自己能够控制200多个小号的房间。至少，那里是北京吧。

王等等越是这么想，眼前的细节就越多。他开始听见墙外有脚步声了，终于有人过来了，是要杀掉他吗？王等等想挣扎着站起来，但是现在浑身的器官只有眼球和大脑能够动弹。耳朵被刺耳的鸣叫声弄得几乎失聪，他看到的角度都不能辨别到底是谁进来了，反正一定是有人进来了。

王等等的肩膀被拖起来，然后整个人被塞进一个袋子，袋子是灰色的还是黑色的已经不重要了。

王等等在整个人被塞到袋子里的那几秒看清楚了一个人的脸。就是那个M记送餐员，那个对他特别不客气的送餐员。送餐员身上穿的不再是红色的制服，而是蓝黑色的警服。不对，不是警服，只是蓝黑色的制服，胸口上有一个银色的Q形别扣。

王等等觉得身体在发胀，他多么希望赶紧失去知觉，哪怕是死掉，也比现在这个状态好。

“这个号需要删除吗？”这是另外一个声音。除了送餐员，还有别人，也是一个男人的腔调，语气冷静而恭敬。听起来，是送餐员的下属。

“他已经使用5年了，算超期服役，再重启就会崩溃的。”送餐员说了一些乍听之下好像能懂，但不知道为什么要这么说的话。

5年？什么5年？我上一次和同学聚会也才是半年之前。王等等对“超期服役”四个字听得尤其清楚。我又不是军人，也不是机器。超期服役，是在说我吗？意识终于开始模糊，王等等内心反倒希望自己是头脑不清醒的状态，这样一来，他就可以判断这是一个梦境。好好地睡上一觉之后，第二天就可以如常上网，去影响这个世界。在这之前，虽说足不出户，王等等觉得自己在这个世界上还是有一些影响的。至少，明星冰冰在最近的发布会上还发誓，一定要抓住那个24小时在网上造谣中伤她的人。而最后，警方也宣布，IP地址是虚构的，很难追踪到实体人物。

“让一个人不安、不快、不舒服，是我存在的意义吗？”王等等这么追问过自己，但是因此得到的报酬，邮寄回家之后，负罪感也就被洗轻了一些。

而我现在是什么？一个自己都不熟悉的躯体，被装在了一个说不清楚颜色的袋子里。外面拖着我的人还以一种处理报废品的语气打算把我扔掉。等等，我为什么会想到“扔掉”这个词？我已经变成一个垃圾了吗？

王等等一直在思考，这种提问让自己不会沉睡过去，他要弄清楚答案，他要清醒过来，挣脱出袋子，打倒袋子外面的两个人，逃出这里，不管这里是哪里。他要像那些硬盘空间里面的美国大片一样，最终逃出升天。

他哼了两声，而且他确定袋子外面那个送餐员听到了他的反应，因为一直在挪动的袋子停了下来。袋子被撕开，透进的光让王等等判断自己是在室外，顺着余光还能看见自己是在一座山头上，因为那股子山间透过来的风是城市里感受不到的。

我不是在北京吗？哪怕是北京的郊区，也没有这种荒凉的山啊。王等等眼前的景象被分为两个世界，一边是犹如原始森林般的漆黑山头，另一边是水泥砌成的高墙，一层一层，每一层都显得低矮和局促。从拖行的距离来看，自己刚刚被人从眼前这一座一座水泥箱子里面给运了出来。我不是住在北京一个民宅吗？虽然只有50多平方米，但就是普通的民宅啊。但是，房东好像好久没有来收过房租了，我是多久前就忘记要交房租这种事情了呢？思考的时间没有那个送餐员蹲下来看着自己的时间长。穿着制服的送餐员，用一种为难的表情盯着王等等，他歪头想了一想，便从腰间掏出一根棍子，放到王等等的脖子上。半秒之间，王等等就失去行动力。他看见包裹自己的袋子下面压了一堆杂草。

“这里不是北京啊？”王等等问出这样一个问题，并不指望那个送餐员给他答案。而送餐员也无心留意王等等的任何反应，只是低头对着自己肩头上的对讲机说道：“287号已被删除，无须留档。”

继砍手村、复印村之后，有网络营销公司寻找落后村落，大批修建水泥宿舍，每间房屋仅7平方米左右，里面配置电脑、只能拨通局域网络的手机、单人床和简陋的厕所。随即将招聘的农村子弟，甚至是绑架而来的青少年集体催眠，让其产生进城打工的幻象，终日在房间里面，听候总部差遣，完成一宗又一宗营销事件，俗称“网络水军”。

整个大厦有严格如军队的保安在控制，一般外人不能进入，住在里面的人也不允许出去，等于是终身监禁。外界通往村落之间的交通工具十分复杂，这保证居住在此的人很难走出去。进入这种工作空间，会产生另外一个自己的世界观，也是终日不出家门的性格，同时也会产生自己是居住在大城市的幻想。如果有动“寻找真相”的念头，总部监控完成，就会利用中央电击，让其就范，不再造次。由于长期处于多重人格的生活环境，平均半年就会精神崩溃，而后被保安拖出建筑物，焚烧处理。

王等等作为一个优质的小号存在着，已经超过5年。他的发帖记录和方法已经被改编成教材，对新来的小号们的训练意义重大。至少，不用每隔一年就得出去“抓人”了。目前，居住在这个村中城的居民已达10万人，类似的村中城大概有150个。

送餐员看着装着王等等的袋子被传送带送进一个大炉子时说了一句:“可惜了，本来可以多用半年的。”

锁门

当你不确定自己家有没有锁门的时候，
你家那栋楼可能被怪兽给踩没了。

这一次，王小王觉得自己的判断没有错，他的确忘记锁门了。他觉得是因为他没有锁门，导致现在他的家被炸了一个大洞。这个大洞，大到电影里面的哥斯拉不小心在路上摔了一跤，胳膊撞到了一栋楼，那栋楼几乎要垮了。

王小王也没来得及弄清楚这个大洞是怎么造成的。凶手呢？哥斯拉呢？

他坐电梯上来的时候，没有听到任何爆炸和撞击的声音，怎么就出现这么大一个洞？王小王一只脚站在房间里面，感受到室外的风呼呼地刮着，他想蒙一阵子，但脑海里就是盘旋着一句话："这次因为你没锁门，终于发生点什么事了吧。"

王小王内心居然有一块东西放下了，哪怕他现在站在这么诡异的被搞了一个大洞的房间里面。

时间拨回到5分钟之前。

王小王总是出门没多久的时候，就开始怀疑自己到底有没有锁门。有一次，他下定决心回去看一看，还没到家，他就确定了门其实是锁好的。他把手放在门上就有点后悔了，但是，这一切并不会改变什么，并不能让第二次自信增强多少，甚至第三次、第四次……第十次。王小王还是会像第一次那样，人还没有走到楼下，就觉得自己失忆了。不确定，那一块记忆被偷走了。这种不确定，除了让自己害怕之外，还有一种自责，为什么这么小的事情都记不住？明明刚刚冰箱里面的过夜面包的滋味还留在牙缝里，出门那一瞬间的记忆为什么会被抹掉了?

王小王曾经看过一个很不搭调的电视节目，里面的心理专家煞有介事地说：“很多人都有类似的心理状态，属于强迫症的一种。”

说了半天，也没有提出一个解决方案。刚开始还以为找到救星的王小王边看边气边睡。他知道第二天还会处于一出家门就会怀疑自己到底有没有锁门的死循环当中。

王小王一直对那个时间点很迷惑。如果硬逼着自己不去想这件事，就当没锁好了，随之而来的，就是陌生人闯入家里，摆在茶几上的零食被他们随意抓取，放置好的书籍、杂志也被翻得乱七八糟，贵重财物就不用说了。那种凌乱感，不亚于自己被一个猥琐的人给强奸了。其实不管是入室盗窃还是被强奸，别说亲身经历，就是耳濡目染，王小王都没有过。

王小王和保安室的田进新说过这件事。因为田进新看到过几次王小王上楼下楼、下楼上楼，表情复杂。刚开始还以为是忘记拿东西，但不会反反复复地忘记，就插嘴问了一句怎么回事。

这件事情有那么难以启齿吗?有一点吧，大约是因为有点难以描述，不好说是自己不确定自己有没有锁门。一开始，王小王还打算胡乱点头敷衍过去，但有一次，王小王不想被这件事情冲昏头脑，打算找个人说清楚。

“是这样的，我有点不确定自己有没有锁门。”

田进新愣了一会儿。他不应该发愣，但他确实愣了一下，然后抿嘴慢慢说：“这样啊，很多人都这样，听说是强迫症的一种。”

王小王觉得再聊下去，也是和电视上的专家哇啦哇啦一样扯不完，于是也就点点头说：“没事，我再去看看。”

保安田进新看着消失在电梯口的王小王，轻轻叹一口气，拿起一个对讲器对着另一头说：“失忆器副作用一期，失忆器副作用一期，跟踪观察8小时。”

王小王很难给别人介绍自己，每一次说出自己全名的时候，大家都要愣一下。直到有一天，王小王在电台里面听到一个段子，说歌手范玮琪介绍自己：“大家好，我是范范，范玮琪。”旁边有人就搭了一个腔说：“哟，是歌手还这么结巴啊。”王小王心里想说，比我的状况要好一点，我每次说“你好，我叫王小王”，大家都会愣一下，甚至有人会回复说“全名”，“王小王”。

王小王的妈妈终于在王小王十几岁的时候坦白了这个错误，说是报户口的时候，爸爸出差在外，自己脑子一热，就顺口说我家那口既然叫老王，那我们的孩子就叫小王好了。遇上一个也不多问两句的年轻户警，就这么把名字填上去了。

按理说，王小王到叛逆期的时候，就会自己去派出所把户口上的名字改成自己喜欢的。王大帅也好，王源也好，都是可以的。

但王小王在动这个心眼儿的时候，也觉得再没有比他这个名字更普通又更不普通的了。于是，一来二去加上拖延，这事就成了“传统”。

每一次王小王介绍完自己的时候，对方都有很大的机会说：“那，我以后叫你小王吧！”

“可以，但不用带上‘吧’那个字。”王小王说。

也就因为这样，王小王特别讨厌这个世界上所有的谐音梗。而名字这种事情，似乎特别具有暗示的魔力。从放弃去派出所改名字的那一天开始，王小王活得特别像小王，一个谁都可以随口求帮忙的小伙子，相貌不出奇，饭局属于凑数的角色，倒也没有人故意来占什么便宜。王小王甚至在夜深人静的时候想过，再过几年，等自己活成老王的时候，日子就会好过多了，隔壁家的孩子看着都像自己的。

如同千百万个北漂一样，王小王租住在一个非常普通的宿舍楼里。这个宿舍楼有很多本地的老头、老太太，除了早上锻炼身体的音乐和晚餐时会混杂些广场舞的音乐之外，老头、老太太们特别醉心于维护自己居住的这个小区。一帮老人家，有的是时间，儿女们也在京城，混得正在兴头之上，把一向难搞的物业收拾得服服帖帖。

王小王的生活有些无聊，因为周围邻居基本都是老人，也就不能随意在家大声放音乐和邀请同事们大耍一顿。他不多的娱乐就是戴上耳机看美剧，尤其是科幻题材，那种动不动炸掉一颗星球，隔三岔五就飞出太阳系，随便两脚就可以踩烂大楼的哥斯拉，看起来尤为解压。

王小王真的有想过，打开电梯门的时候，等待他的画面是一个庞大的机械基地，远方属于自己的战队正在整装待发，耳边响着气势磅礴的交响乐，长官说任务是消灭企图统治地球的大魔王，虽然我们从来也没访问过大魔王统治地球有什么好处。真有那种欲望，玩电脑游戏，还有3D效果和模拟人声，体验其实是最好的。

叮咚，电梯提示到了。门打开的时候，面前还是一个普通的阳台，一个成年人只要用力一跃，就能够飞身跳下去。外面用铁窗固定着，目的是防盗，而不是防止自杀。真从这里跳，死不死是一回事，跳下去闷闷的一声，太窝囊。别人都不好意思在一楼用心挽救你。

无力，无力。王小王还是觉得无力，他是这么憎恨这个特地跑回来看门到底有没有锁的自己。这种挫败感是双重的，既是对自己的记忆系统进行了轻松的嘲笑，也是在怀疑自己的路越走越远。

内心深处多少次希望回去之后，看见门真的没锁上，这样就有理由抬头做人了。但多少次门都好好地紧闭着，安安静静的。是不是有什么好心人过来帮我把门锁上了呢？

没有好心人，就是自己的不确定在作祟。这一次，王小王还是垂头丧气地往家门口蹭着，因为距离上班时间还早，他还可以让自己的步子再慢一点。以至于抬头的时候，那些只剩半截的砖头耷拉在那里，有些细碎还在空中摩挲。

自己的家被砸掉了一大半。再往前看去，就是前面那栋楼，如果还能叫作楼的话，因为有三分之一被削去了。

大口喘气，再大口喘气！王小王都没想到第一时间是不是应该尖叫，或者看看有没有其他人。

对，这么大的变故，为什么没有听到人声，也没有听到尖叫声？刚刚自己是坐电梯上来的，也没有晃动和异常，就是走出电梯门多迈了那么几步，世界就变这个样子了？

其他人呢？王小王手扶着墙壁前面的衣架，这是剩下的没有被砸坏的物件之一。还想多迈几步去冰箱拿点喝的，刚抬头，就瘫坐在地上，整个厨房也被炸成了一个大洞。

我是要坐到这个梦醒过来为止吗？王小王判断这一定是个梦。

目前他没有发现其他人，没有发现攻击这座楼的是什么，没有发现其他生命体，周围安静得不像是一个完整的世界，但能感觉到时间在流动。

王小王打算就这么坐着，等事情结束，或者等一些事情发生。

王小王一直试图让自己的情绪稳定下来，却忘记了自己肩膀上还背着上班时用的背包。等坐了有半个小时之后，才发现肩膀有些酸，于是把背包卸了下来。

现在几点了？这个问题冒了出来。王小王掏出手机，屏幕显示7点30分，这个不是我刚刚出门的时间吗？再看信号格那边显示没有信号，也没有Wi-Fi。

或许这栋楼里还有其他人呢？王小王觉得一时半会儿这个“梦”还醒不过来，于是打算采取一些行动。但是自己这个家被毁成这个样子，就这样离开合适吗？

王小王先是在同一层溜达，发现平常有人在家还会发出不小的交谈声音的窗户里面也显得格外安静。要不下楼看看吧。

说起来，今天也就遇到了一个人，保安田进新。对，去楼下找他帮忙。

王小王走到电梯口，再看了一眼自己的家，走了回去把门锁好。虽然他抬头看见了那个被削去了一半的房间，但还是回头把门锁好。

他走到电梯口，按了朝下的按钮。提示按钮显示电梯正在朝上，还好没有停电。想着手机没有信号，也没有Wi-Fi，觉得自己跟外界失去了联系的王小王，竟然没有什么紧张的情绪，毕竟自己的家没了一大半。大概与他觉得这是一个梦有关。

一个可以感觉得到时间流逝的梦。在这个梦里，他见过唯一的一个人是保安田进新。为什么这个梦这么真实而不跳跃和虚幻呢?

电梯门打开了，田进新在里面，帽子放在手上，盖住了什么东西。

王小王没有很慌张地对着田进新做皱眉的表情，意思是说，现在你可以告诉我怎么回事了吧。

田进新看到这么冷静的王小王，反而有些惊慌失措了。以前他处理的案子不是这样的，所以才会把那帽子里的东西握得那么紧。

“其实没有关系的。”这时田进新判断，王小王情绪稳定，没有攻击性，把帽子连同里面的东西都放了下来。

“但我的房子没了，不，这栋楼都快垮了！”王小王的声音偏高了一点。

“我们不好好地在这里吗？”

“我们？还有谁？这栋楼好像就我们两个活着的物体吧？”

其实王小王也没有侦查过整栋楼，但这么说起来很有美剧的台词感，他也就顺口说了出来。

“所以关系不大啊。”田进新的表情实在太不像一个保安了。

“你的意思是说，这栋楼真的只有我们两个人了？”王小王此时此刻特别想扶墙。小说里面那些受到惊吓的人都是这个反应，但自己的下盘怎么这么稳当啊。

“准确地说，是这个世界只剩我们两个人了。”

“世界末日啊！那应该留下一男一女啊，这样才能繁衍后代。只剩下我和你，都是同性了，但你颜值不是很高啊。”王小王开始觉得自己性格里面跑题的那部分跑出来了。

田进新突然觉得眼前这个人还挺有意思的，就收起了手上的那个东西，并伸出右手，拍了拍王小王的肩膀。

“你这样的人，我还是第一次见到。”

“人？你的意思是说你不是人吗？”王小王吞了一下口水，眼前这个貌不惊人的小保安到底是谁？看他的模样一定知道自己家、自己住的这栋楼被削掉一块的原因。

“的确和你平常所理解的人类有那么一点点不同。”

“老实说，我平常不怎么理解人类。”王小王咧了一下嘴。

“其实你有更多的问题要问我吧？”

“你相信吗？其实我没有问题，这个时候的我应该是崩溃的，所以你控制好我的情绪就可以了。我现在情绪的重点是，我的家怎么了？我的家怎么办？我的家，我的家，为什么会这样？”

田进新缩了一下脖子，低着头说：“我们先去看看情况吧。”

两人并排朝王小王住的房间走过去，王小王打开了门。

里面依旧狼藉，王小王靠着墙，也不打算去收拾。他现在还觉得自己是在做梦，而且一直醒不过来，他需要给自己找个乐子。刚才在家已经坐了好几个小时了，虽然手机和手表都不再提示，但脑子里面的体验告诉王小王，刚才真的坐了好几个小时，他什么都没做，他想直奔醒过来这条路而去。田进新一步一步地踏进房间，脚步显得很沉，也很熟悉。一般如果一个人到了陌生的地方会四周看看，但田进新的这种熟悉程度，是那种晚上起夜，闭着眼睛都能够摸到厕所的熟悉，好像他踏入这个现场已经是第300遍了。

“这样的人，我还是第一次见到。”王小王心想。

房间里面没有动物，王小王一直以为自己会养一条狗或者一只猫的。当一个人不知道自己是养狗还是养猫的时候，他就会什么都不养。因为一般情况下，打算养狗和打算养猫的人意志都比较坚定，甚至会准确到饲养什么样的品种。似是而非，犹豫不决的，只会一直都不养，哪怕有人会送给他，他也会先拒绝一番，再陷入各种考虑之中。

田进新不在乎这个，他找到角落里的沙发，坐下来，抬头问王小王："你不觉得奇怪吗？这个房间破了这么大一个洞，你都感觉不到有风吹进来？"

王小王侧头开始观察这个被毁掉一半的家，他本来的答案是：这就是个梦啊，在梦里，就算世界被毁灭掉了，都只是一个设定，我们在这个设定里面好好度过梦里的时间就好了。但这个梦未免也太真实一点了吧，最明显的特征是对颜色有清晰的辨别能力。通常说，人在梦里，基本是黑白的，除非对某个颜色有固执的念想。就像电影《辛德勒的名单》里面一样，那个全部都是黑白的世界，有一个小女孩，穿着红色的裙子，尤其突出。另外，也没有对味道的感知，梦里面，眼前一堆自己觉得好吃的，甚至都能够闻到，但是一旦到嘴边，就会醒过来。

对哦，我可以测试一下。王小王走到厨房，打开冰箱，冰箱的灯亮了一下，这个屋子为什么没有停电？王小王问了问客厅里面的田进新："你需要喝点什么吗？"

田进新回答说："不用，我已经有了。"

王小王拿着自己的饮料走到屋子里的时候，看见田进新手边有一杯白水，那个装水的杯子是他公司发的马克杯，上边用黑体大字写着"好好学习，不要迟到"。

"你怎么会有？"

"我刚刚想喝水。"

"你怎么乱动别人家的东西？"王小王其实不知道应该接什

么话。

“我没有乱动，我只是想喝水。”田进新一副在自己家里的表情。

王小王有点颓了，因为眼前那么多事，信息量有点大。他喝了一口杯子里的饮料，有一点甜。有味觉！再一次证实他不是在梦里。

他试探了一下看着屋外，现在整个房间就是一个大阳台，完全镂空地面对着前面，此时他的视野才拉开，他才看清楚，原来对面那栋楼毁得也不轻，几乎全都垮掉，但看不见扬起的灰尘，犹如罗马废墟，躺在那里已经很多年，没人动过。

对，怎么看不到人啊，街道上也是空旷的。虽说天空灰得一如往常，折射下来的光线，让王小王不敢相信自己到底是在何处。

这里肯定不是我的家，只是一个和我家一模一样的地方。王小王冒出了这个念头，心里稍微放松些。如果内心觉得这里不是他的家，那他早前那些对家里损失的估算都是虚惊一场。只是，面前这个保安怎么回事？他太不像一个保安了。田进新从来没有把自己当成保安看，制服下面的球鞋保持着名牌的流线型，手上的指甲被剪得干干净净，摘下帽子之后，还能看出发型是抓过的，眼镜框也不是随随便便在那种眼镜超市配的。

“你不是保安！”

“我不是保安。”听田进新的口气，非常乐于承认这件事情。

“那你为什么要当保安？”王小王其实想问的是，那你为什么要伪装成保安待在这里？嘴巴一急，就缩问成这样。

“为了今天。”

“这栋楼是你炸的？”王小王也不确定这栋楼到底是不是被炸掉的。十几分钟前，他坐电梯下楼的时候，什么动静都没听到啊，只是不确定自己有没有锁门，上来看一眼，世界就变成这个样子了。

“这里也不是我的家。”

“这里是你的家。”

“这里能够恢复原状吗？”王小王脑回路开始旋转，已经有这么多证据在提醒他，现在这个场面和梦境的关系不大，但他还是希望现在的遭遇是一场虚幻。如果激活了一个什么按键，就会回到主界面之类的。主界面就是每次游戏进入的时候，一行目录的那种主界面。

“恢复到什么程度的原状？”田进新反问道。他的表情浮出一种兴奋感，耳朵根下冒出了一些汗液，像是一个躲在冰窖里几百年的妖怪，突然听见外面有人敲门。

“那就是可以恢复咯？需要呼叫什么部门吗？”本来王小王想说报警之类的，但他觉得应该有另外一群人在管这摊事。

田进新摇摇头：“不用，我就是那个部门的人。你的家，我来修就好！”

王小王：“什么部门？”

“一个可以修好你家的部门。”

“为什么要修好我的家，除了我的家，前面那栋楼也要修好吗？”

“那栋楼我一会儿过去整理。”

“等一等，我整理一下，你一个人负责修好被毁坏的楼？虽然我不太相信这个世界是我的家，但还是有些常识的吧，按住电梯它会上上下下，打开冰箱里面的灯会亮……”

“其实按照常识，咱们待的地方被毁成这样，应该是停水停电了。”

“为什么楼被毁成这样了，还没有停电停水？”王小王看了一眼电视那边的电插头，指示灯是亮的。

“如果要回答，那需要好长时间，不过，我们有的是时间。”

“有的是时间？”王小王重复了一下田进新的话，语气变成了疑问句。

“如果你愿意，你可以在这里一直待下去。”

“1年？5年？100年？”

“这么给你说吧，你看过《七龙珠》吗？”

“当然。”

“《七龙珠》里面有个精神房间，每当主角进去的时候，就没有了时间和空间的概念，他们就在里面练习。他们在里面练习好几年，外面人间不过才1分钟，通过这样的方式来提升战斗力。”

“有印象。”王小王开始联想，他和田进新进入了一个平行世界里，这里只有他们两个人，这里没有时间和空间的概念。但是，为什么自己的家会被毁掉？虽然此时此刻，王小王已经不把这里当他的家了，哪怕那些家具与自己日日夜夜看到的几乎一模一样。但总有一种模拟的错觉，哪怕是像素级别的模拟，那也是模拟啊。

“然后呢？”王小王想知道更多。

“我们待的这个地方被静止了，静止的原因是修复昨天被X-pro机器人大战毁掉的建筑物。”

“什么机器人？是类似《哥斯拉》或者《环太平洋》一样的东西吗？”

“差不多，如果按照你的常识来理解的话，就是奥特曼打完架之后那些被毁掉的建筑物。”

“那么，我们为什么没感觉，还睡到了今天早上？”

“那是因为这个城市的注册有机物们都被‘冷冻’了，等我这边修复完所有的残骸之后，大家就会被移回来，然后正常生活工作。”

“没有人会因为这种战斗受伤吗？”王小王联想到了日本漫画里面关于结界的概念。

“对，就是你所想到的结界，战斗之前，世界的时间和注册有机物们都被冻住了。”田进新叹了一口气。

本来有很多问题的王小王注意到了这个表情，就插了一句：“你为什么叹气啊？”其实他想问的是：你为什么知道我想到了结界这回事？

“其实我不是保安。”

“我知道啊。”

“其实我应该算是一个清洁工，负责这个片区的战争残骸。”

“你一个人？”

“当然还有一些设备，否则，这里就算我修100年也修不好。”

“时间真的被静止了吗？只有我们两个人能动、能说话？等你打扫完这些才能恢复？”

“员工手册上是这么写的。”

“员工手册？你是哪一家公司的？”王小王隐隐约约觉得摸到了后面的线索。

田进新不打算直接回答这个问题，就问王小王：“你愿意陪陪我吗？”

“为什么是我？”

“这个问题比较难回答。”田进新吸了一下鼻子。

“为什么？是因为我身上有不可告人的秘密吗？像是《黑客帝国》一样，我是那个被选中的人？”

“呃，事情比你想象的要复杂。”

“我知道，我在尽量控制我的情绪了，我并没有太疯狂，我在清空大量的胡思乱想，来接受你说的一切。”

其实王小王也并没有全部相信田进新，但他知道需要这样说来展现诚意，对方才能说出更多，或者承诺更多。这个原则是某个80年代教人追求女孩的书籍中提到的，王小王在某个论坛里面看到之后，觉得每个人都适用，或者这样说，其实只要时机准确，每个人都是小女孩。

“我的意思是，事情比你想象的要简单。”田进新有点不好意思，好像有点辜负了王小王突然迸发出来的英雄梦。

“好吧，你说吧。”王小王觉得应该不会是什么坏消息，虽然他看到倒塌了一半的家就这么摆在他面前，正常的情况下，他应该和田进新躲到更安全的地方去吧，但这里好像就是一个场景，需要他们待在这里。目前看起来也没有激活什么危险的装置，上面、下面也看不见什么潜藏的特种兵会突然跳出来把他带走，做实验也好，疯狂拷打也好，都没有迹象。当然，既然是藏起来的，现在也看不出来，我又不是福尔摩斯，可以预先知道些什么。我眼下的心情更像是一个玩老派PRG游戏的人，等待面前这个NPC田进新给我一些新的线索，方便我打到第二关。

“其实，关键点在于你回家看了看有没有锁门。”

“什么意思？”

“你还记得变化是从哪里开始的吗？”田进新打算慢慢地一步步来解释所有的情况。

“从，我，打，算，回，家，确，定，有，没，有，锁，门，开，始？”王小王一个字一个字地问着。

“对。”

“就是一个简单的检查有没有锁门啊，如果我不回家呢？”

“那今天就是稀松平常的一天，现在你可能在公司吃午饭或者在公司电脑面前刷微博、看新闻。”

“我就是今天回家了而已啊，以前都没有回。如果说，如果说以前也是像今天这样，回家确定一下有没有锁门，也会碰到家园被毁的状况？”王小王突然觉得“家园”这个词有点大了。

“也不一定，如果我反应快的话，你也不会感到任何异样，甚至你原本没有锁好的门，我都会帮你锁好。”

“我真的有几次没有锁好门吗？”

“有那么几次。”

“而你帮我锁好了？”

“对。”

“这次为什么会出状况？”王小王不知道应该如何形容现在，突然“状况”二字一出，才惊觉他把自己称作状况。

“我愣了一下。”

“愣，了，一，下？”

“我应该抓住你，然后让你失忆。”

“失去记忆？就像科幻电影里面那样，你有个灯光一闪，我就什么都记不得了？”

“差不多。”田进新看着王小王的肩膀稍微往下垮了一下，“你好像有点失望？”

“也不是，那也就是说，一会儿如果你对我用那个失忆的装置，这中间发生的一切我也会忘记了？”

田进新点点头，接着歪着头，看着王小王：“所以你可以陪陪我吗？”

“陪陪？是‘三陪’的意思吗？”

“不是，因为时间静止，清洁空间，长期以来都是我一个人，每次清洁的时候，我会发现你的房间和别人的有所不同。”王小王心里一紧，心想难道家里硬盘上藏的那些毛片要暴露了吗？不对，如果他知道了这些毛片的存在，就应该知道我是直的了，怎么会叫我陪陪他呢？

“你应该是这栋楼里最爱看书的人，虽然很多书是漫画书。”

“你偷偷进我房间很多次了吧？”

“如果非要这么强调的话，我待在你房间的时间，比你自己待的时间还要长。”

“不会有100年吧？”王小王突然想问另外一个问题，在静止状态下，人是不是会变老，“你的皮肤状态好像不太好。”

“皮肤不是最重要的！”田进新本来一直很自信，但突然有点被说中了心事，难道他在静止状态下不能好好给自己敷个2万张面膜吗？

“为什么对我的房间这么感兴趣？”

“不是对你的房间感兴趣，而是……”

“而是你把这栋楼每一个房间都看了一遍，看了一个通透，这栋楼里的每一个居民都被你窥视了。”

“你没有发现最近1年来，本小区的治安好了很多吗？”

“因为你，这栋楼的罪犯都被抓走了？”

“所以你还觉得我的窥视是犯罪吗？”

“我还有一个问题，你所待的这个组织是国家的机构吗？”

“你担心我是美帝国主义派来的吗？”田进新侧着头问。

“其实，外面的世界是不是已经2099年了之类的，我一直活在幻境里？”王小王在一个一个排除各种自己看过的科幻题材的可能性。

“没有，你和几十亿的人类一样，生活在你们认为的这个年代里。”

“其实，你只是要我陪你，你不会要我亲你吧？”

田进新想用笑来掩饰尴尬，他又觉得如果笑的话会显得更矬，所以突然收住了表情，说：“不会。”

“陪你干什么？”

“我想做个实验。”

“人体的？”

“你的脑回路能不能没有洞啊！”

“我朋友都叫我脑洞王啊。”

“好吧，这不重要。”田进新有点后悔说出“陪”这个字眼。

他从事清洁工作以来一直是一个人，一个人穿越这栋楼的每间屋子，知道每个人的日常生活。看他们第一天离开后屋子里的样子，看他们第二天离开后屋子里的样子，看他们兴奋地打扮，跑出门后屋子里的样子。田进新认识了很多人，但这些人都只是匆匆出门，并不打算把眼神停留在这个普通的保安脸上。他并不以知道大家的秘密为快乐的源泉，但每次执行完任务的时候，他也不想那么快切回正常的时间流。

这个空间里，只有他一个可以自由活动的有机生物。如果他愿意的话，他可以拖拖拉拉十几年才把整栋楼修整完成，花两三年的时间来写清洁报告，最后机器启动，他就又回到机器启动的那一刻，身体没有半点衰老。看业务报告，也听说过有人在里面待了几百年，刚进去的时候还是菜鸟，出门的时候就变成研究员了。他也有这个规划，清洁工作完成两次之后，就认真研究上面布置下来的任务。

他真的有点寂寞，谈不上孤独，就是有点寂寞，他多想把他工作上的小细节分享出去啊。

他看见王小王回家的时候，眼神在自己脸上停留了一下。这是第一次，他做保安以来第一次。虽然保安也是掩护清洁工作的，但穿上保安衣服的时候，也会有这个行业该有的归属感。虽然其他大部分保安能拖拖拉拉就抓紧时间偷懒，但他还是会在平常，不，在平时休息的时候就注意自己的仪容。

……

“那接下来，我们要干什么呢？”王小王露出一副期待很久的表情。

他知道自己将迎来一次新的旅程，一次反正注定会忘掉的经历，一次目前看起来危险系数很小的旅程。即便眼前这个家被毁了，反正也是租来的，反正应该保险会赔的。保险里面没有所谓的哥斯拉险，那就算作是不可抗力吧。说不定有些东西脑子里面记不住了，但是肌肉记忆还会存在。一趟忘记锁门，回去确认一下的决定，让他的潜在能力爆发了吗？

王小王是这么期待着的，他似乎已经忘记自己是为什么来到这里的。

是不确定自己有没有锁门。确定完之后，他本来要去上班，顺便在支付宝上还一下上一个月的信用卡费。虽然中间才隔了几个小时，他在一个貌似小保安的带领下，坐在已经被毁掉一半的家里，也就是那一栋楼里的那一个洞里。

外面的世界暂时是静止的，无关紧要的，不用理睬的。两个人应该做点什么呢？

“我们有的是时间思考。”田进新心里真的没有答案，但他知道，他有的是时间。

时间：今天。

王小王觉得自己没有锁门，一再犹豫之后，一跺脚，还是去上班了。

等到单位的时候，他已经不太在意自己到底有没有锁门了。或者这样说，他被新的事情所打扰，抽不出时间去担心这个。虽然刚刚出门的时候，他预感自己会被这码事困扰一天。

中午上厕所的时候，王小王低头看见膝盖上多了一块瘀伤。什么时候碰到的？不记得。反正又不疼，由它去吧。

下午下班回家，路过保安室，里面那个新来的保安，胸口工牌上写着“田进新”三个字。

他对王小王点头微笑。以前都是板着脸的，为什么此保安今天笑得这么……恶心啊!

转生遇见她

（本章节主要以主人公内心独白为主）

抹去失败人生，转生重回校园时光，

却附身错误，真相并不是真的轮回。

……

我失败的人生终于要停止了？这里是抢救室吗？医生们在窃窃私语什么？光好刺眼，为什么不给病人戴上眼罩呢？这样会舒服好多。等等，这光不是灯光啊，它怎么洒下来了？我要死了吗？我没有看到我的人生跑马灯啊！啊，说来就来了，人生的幻灯片原来是这样啊。要放多久啊？看来我真的是要去另外一个世界了。

我高中原来是这个样子啊！这个女孩是……隔壁班的田子君？那个时候是要对她表白吗？那个时候真的是我最好的时光啊！比起现在这个负债累累一身病、家人讨厌朋友嫌的样子，显得好有未来啊！

全身也没有那么痛了。可以睡一会儿吗？耳边是什么声音啊？为什么有老师在说方程式？为什么我脑子里还记得这么清楚？记这个东西干什么？

什么东西在抓我的背啊？

“我的课你都敢睡觉！你还有资格待在重点班吗？”这是老师在说话，我的中学老师，还是我读中学时期的那个嗓门。

难道……难道……难道……我回到17岁了吗？侧头看一眼旁边同学的目光，还有教室玻璃反照过来的我的脸。好瘦啊，我！我是真的回到过去了吗？还是回光返照的错觉？刚刚放幻灯片的时候，我好像用手点了这个画面一下。

我的人生可以重来一次吗？田子君，田子君，你在哪儿？我要对你表白！我要把那一年没有说过的话，一次给你说个够。

我冲出教室来到隔壁的六班。学校的路我一点都没有忘记啊！我推开教室门："田子君，我喜欢你！"

啪！一个耳光！一个肌肉男怒气冲冲地对着我！

对了，当时田子君有个混社会的"大哥"整天在教室门口蹲守着她，所以那个时候我才只敢暗恋。

才回到17岁的第一天，就要被打死了吗？这个时候躺在血泊里的我，接下来要怎么过我的人生呢？

回忆过去，那个第一版人生的我，一直胆小地跟在喜欢的事物后面，喜欢的人、喜欢的玩具、喜欢的职业、喜欢的……人生。我好像错过了我的整个人生。

说实话，现在这个血肉模糊的我，至少还能感觉到疼痛。想想上一版人生的我，还是现在这副年轻的身体的时候，那一天也是要去表白，走到教室门口，迟疑了。与其说是害怕那个被拒绝的结果，不如说是害怕任何一种结果，因为就算田子君接受了，我也不知道该怎么办。接下来，就是男女关系了吗？以后出去都是要我花钱了吗？我要怎么和爸爸妈妈说这件事情？爸爸妈妈反对怎么办？同学问我怎么办？要怎么回答？

那时的我，这些问题都没有想彻底，那道教室的门是怎么也迈不进去了。

记得那天，我早退了。还没有表白的我，连课都不想上了。学校外面也无处可去，提早回家，趁家里没人，把事情想清楚。

其实，家里是有人的。我推开门，听到一个熟悉的声音在娇喘，让人心里极度不舒服。我转动着钥匙，里面的声音立刻停止了。

“在门口待着！别进来！”是妈妈的声音，她似乎辨别不清楚是我还是爸爸，听声音，是在拒绝所有人进这道门。

我想我清楚发生什么了，我没有待在门口，收回了钥匙，慢慢退离。竟然是慢慢退离，没有等妈妈，或者另外一个人走出来。万一是爸爸呢？

我用手机拨了爸爸的电话，他在单位，确定了房间里面的人不是爸爸。

我还要不要在巷口一边躲着，看看那个人是谁？就算知道那个人是谁，又有什么用呢？

从那一天开始，家里的气氛越发不对。3个月后，父母就离婚了。谁都没有说破什么，离婚原因说出来也是性格不合。

我跟妈妈，家里的生活水平也好像走了下坡路。我高考失利，在社会上找了一个厨师的工作，直到……

是不是那一天我没有转动钥匙，一切就不会发生？他们至少不会离婚，我也就能安静读书，考上一所不错的大学。

还好我能再活一次，回到了最关键的这一天。我冲进去表白了，被打了一顿，就会错过闯进家门的那一刻。爸爸妈妈就算感情不和，也会坚持到我考上大学吧。太好了！

但是，我是不是要被打死了？肚子怎么这么痛，头也要裂开了！

这里是医院吗？那个肌肉男怎么下手这么重啊？怎么上面有光？幻灯片又来了。还真的是幻灯片啊。

我可以重新回到表白前那一刻了！太好了！第二次人生就到此结束吧。

对，就是这个声音，那个在说方程式的老师。

“我的课你都敢睡觉！你还有资格待在重点班吗？”一切都是从这句话开始的，现在又来了。

真好，这一次的人生我不要那么莽撞地表白，一切从长计议。

看着那个酣睡的我慢慢苏醒过来，真是令人欣慰啊。

不对，我怎么能看到自己？那么，我是谁？

“陈俊，怎么你也睡觉了！这个班要完蛋了吗？”老师说的是我们班长，老师盯着的是我。

我不是陈俊啊，我是叶伟啊！

但是，我看到我（也就是叶伟）一脸迷惑地醒过来，用一种奇怪的眼光看着大家，那种眼神是一种混沌的大人的眼神。

那个叫叶伟的，事实上不是我，而我现在在陈俊的身体里面。

那个叫叶伟的我，跑出了教室，看方向，他是奔向了隔壁班。

这一次的人生，和我以为的不一样。如果我在陈俊身体里，那原来的陈俊去哪里了？咆哮的老师、跟着起哄的学生，周围好吵，根本没办法思考。

是不是哪个地方出错了，我现在要过另外一个人的人生吗？那个叫陈俊的人，过得好吗？记忆中，他是班长，出身知识分子家庭，瘦瘦高高的，不怎么说话。也是一个没有存在感的人，为什么会当班长？不知道，人缘好，或者爸妈去打了招呼吧。

外面好吵啊。一个隔壁班的女同学冲进来，嘶吼着说："打死人了！叶伟被打死了！"

叶伟？不就是我吗？我没有被打死啊，我在这里啊。

我冲出去看。站在一摊血泊里，看着自己身体里面流出来的血，感觉好奇怪。人已经被运走了。我突然生出了一种古怪的想法，用手指去蘸一蘸那摊血迹，那毕竟是我的血啊。

如果刚刚复生，如果这种情况叫复生的话。那我就反应过来，然后阻止那个我去隔壁教室表白，就不会面临这桩惨案了。只是目前待在班长陈俊身体里面的我，接下来该怎么办？

我，准确点说，是待在陈俊身体里的我，就这样呆站了10分钟，如一具行尸般站着。然后被别人拖进教室，在陈俊的位置上坐下。

别人叫着"陈俊"两个字，我还会答应，做着对应的动作。仿佛我的脑子对身体不做任何指示。仿佛还有一个灵魂在操纵陈俊。并不像影视剧里面演的那样，两个灵魂在一个身体里，还会争夺、吵架。非要形容的话，就是你在玩电脑游戏，如果临时要去一趟厕所，暂时托管给电脑帮你控制，一时半会儿，游戏还在进行着。这就是目前的我和陈俊身体的关系。

当务之急，放学后，我要去哪里？妈的，还等什么放学啊，现在的我感觉心里有些放肆起来了！所以，我趁大家不注意溜走（还是不想引发骚动，别又惹来什么壮汉把我击倒，我要去弄明白的事情还有好多）。

目前计划是这样的，回到家里，那个高中的家里，拿一些东西。然后去陈俊家里，待过这一个晚上，仔细想想将来应该怎么办。

不行，家里，此刻，妈妈正在……不敢想。

第一段人生就是因为撞破什么，导致整个家都破碎，糟糕的人生也是从那一次撞见开始的。

还是先回陈俊家吧。他家在哪儿？现在的我是回到了高中时代，我连回自己家都要仔细想想。

站在街道上，看着这个十几年前的城市，路上汽车稀稀疏疏，不觉得堵。我坐在麦当劳里面，用兜里陈俊的钱买了一杯可乐，喝了起来。

因为没有线索，干想是最浪费时间的，一直待到下午，真的有一堆一堆的学生放学走进来。我也没有理睬，直到我看见田子君和同伴说说笑笑地进来买东西。

什么？我刚刚被打死了，她现在竟然若无其事地来麦当劳买快餐？一个下午刚刚对她表白的人被打死了啊！她没被警察拉去问话吗？这个人的死亡就这么无关紧要？只剩下一摊血迹，隔天还被清洁工洗刷干净。我注定是一个没有存在感的人吗？

等我回过神来的时候，我的身体已经站在了田子君面前，做出的姿势好像是要质问她什么事情。之前她的女同伴已经闪到门口，是被支开了吧。

但是，我现在的身体，不是我原来的身体，原来的那个被她那个流氓男朋友打死了啊!

她看到的脸是陈俊的脸，她微微低下头，问："有什么事情吗？"

田子君和陈俊应该是认识的。

看着田子君微微涨红的脸，可能他们之前还是有过恋爱关系的吧。我为什么一直不知道……等我想想，想想……我毕业以后，田子君好像还和陈俊手牵手来参加过我们的同学会。

"今天下午的事情没有吓到你吧？"天哪，我在说什么，我在问一个人对我被打死的事情有什么看法！而且，还是用一种如此旁观者的语态！这句话不是我说的，一定是那个陈俊本体的灵魂说的吧。

"我正想和你说这件事。"啊，什么事情，是对于这件事情无动于衷吗?

"阿超已经被抓进拘留所了，应该有些日子，他都不会来打扰我们了。"阿超指的应该就是打死那个本我的肌肉男。

打扰是什么意思啊？难道说这两位，在读高中的这两位，田子君和陈俊，在读高中的时候就已经在一起了？

"哦！"我回答道。

我为什么要"哦"啊？我难道不该说点什么，真真正正质问点什么吗?

“一会儿去你家，不对，你爸妈都在，还是来我家吧。”

为什么？为什么？为什么我辗转反复，重复人生，终于见到当初心仪的女生，主动表白，并被邀请去她家做客?

不管做什么都应该兴奋啊，但是现在我的心情却是有些愤怒，像是发现了什么阴谋。有什么阴谋呢？去警察局报案，说这个女的早恋，瞒着隔壁班一小屌丝。对哦，现在我的这个年代还没有“屌丝”这个说法。

田子君看我没有回答，只是很困惑地看着她，就当我默认了这件事情。拖着我的手，往靠墙的沙发上走去，那里刚刚有一对情侣走开。

田子君看起来想去那边坐一会儿。

“你的手好凉，是这里空调的问题吗？”田子君用手搓了搓我的手，看样子，这种亲昵的动作不是第一次做。

有没有人觉得有这样一种记忆模式，就是好东西是记不住的。我期盼很久的暗恋对象，在最好的青春状态，坐在我旁边，依偎着，说着甜言蜜语，下一步更是令人浮想联翩。但我却像喝酒断片儿了一样，完全记不住。也不是完全记不住，细节都能拼出来，但就是凑不成整体。就像不是自己的，是别人写的书，恰好你又患上了阅读困难症。我一放空，这个叫陈俊的身体就自动地和田子君打情骂俏，卿卿我我。

如果此刻有一个上帝模式在观察我们，就是三个人，我就是他们两个后面跟着的灵魂，我也无处可去，我还在陈俊的身体里，如果我想动，还是可以以陈俊的身体存在着。

我们三个最后到了田子君的家里，家里果然没有大人。我仔细看着，整整齐齐的家也说不出和一般家庭有什么不同，该有的都有。

一直以来，我对观察周围事物都没有特别的能力，就是三个标准，和大家一样，和大家不一样，和大家特别不一样。

田子君家属于第一种。我们坐在了田子君爸爸妈妈的大床上，那个时候的好的床还是叫席梦思的。这就要开始了吗?

我需要闭着眼睛等待一切开始吗，还是仔细观察每一个步骤?之前所有奇怪的感觉都抵不上此刻的兴奋。我毫无意外地硬了起来，尽管我们也只是刚开始亲抚对方。

还是要闭着眼睛吧，否则好奇怪，我害羞了点。田子君轻轻推开了我，并顺手用一块薄毛巾绑住我的眼睛。年纪轻轻，口味就这么重啊，往日女神的形象早就破灭，但现在一个更加具体和性感的角色在前方，我当然选择静观其变，乐见其成。

我等来的不是期待中的刺激，而是背后的绞痛，一种熟悉而准确的疼痛。

这种疼痛在上一次我被那个肌肉男殴打致死的时候出现过。但是，此刻的我，眼睛和身体都被捆绑得死死的。我回想起来，家里面地上铺的那层塑料薄膜是我见过唯一奇怪的东西。原来，是为了杀人灭口之后处理尸体更加省事，以此来毁灭证据。我被田子君给杀死了！

我被初恋……初暗恋给杀死了。她杀我干什么？不对，她杀的是陈俊，我现在待的这个身体是陈俊。她杀陈俊干什么？

我的回忆里面，她不是还和陈俊在几年之后参加过我们的同学会吗？

这个世界，不是我记得的那个世界。我已经看不见田子君后来在做什么，不是因为我的眼睛被蒙住了，我在陈俊的身体里。最后的记忆应该就是背后被刺进了一把利器，是把长刀，直接刺入关键的部位，力道狠而准。我是直接毙命的，但不是女孩的力道所能干的。那个时候，这个房间还有另外一个人。我失去意识之前，他们两个人还聊了一会儿。

我还有意识在分析这些，证明我又回到那个重生前的黑暗环境里面了。很快就又会有跑马灯冒出来，让我选择，我不再选择那个所谓的“最好的时光了”。

那个世界，那个时代，回去一次，死一次。第一次，被田子君的肌肉暗恋者活活打死。第二次，被田子君和另外一个不知道是谁的人给刺死。这次待在黑暗的时间里面好久，也没有跑马灯啊。我在混沌的状态下，思考的能力越来越弱，处于一种无脑的状态，重复的是第一次、第二次重生的一些画面。各种倒放、斜放、剪切放，有几幕感觉还被剪辑成了预告片，浓缩在眼前放着。

跑马灯，我要跑马灯，我要再活一次啊。没有跑马灯!

这次没有选择，我在几乎失去思考的最后一秒才感知到周围有亮光，我的神经能够控制眼皮这个玩意儿了。

睁开眼，这次是我还是陈俊，还是……

“田子君，你是重点班的学生，现在居然当众睡觉，我对你很失望。”睁开眼，是隔壁班田子君的英文老师的脸。

我之所以记得住这张脸，是因为她之前在教训我们班的时候，说了一堆瞧不起人的话，让我从此对老师这个职业心生厌恶。

“啊，我睡了吗？”我反问道，但声音一出来，我比看到这个老师的脸还要惊讶。

是个女孩的声音，是田子君的声音。我现在第三次重生了，在我最开始回忆，觉得那个最美好的时光里。但我没有重新活一次，我也没有附身在班长陈俊身上，而是附身在了田子君身上。

此时此刻的我，说惊讶吧，又不是第一次重生。说不惊讶吧，为什么会附在田子君身上？这个女孩还杀过我一次，在我附身在陈俊身上的时候。我想知道得更多点，这个女孩背后还有人，我要搞清楚!

英文老师见我没有反应，继续说着难听的话。我觉得现在的自己和以前不同，有了一些说不清楚的强大力量，最明显的一点就是，如果觉得眼前这个人很烦，这个人就会自动淡化。我当然知道这位英语老师脏话连篇，不断大声地吼。

我吞了一下口水之后，竟然听不到她在说什么。她“咆哮”结束之后，回到讲台上，也没有让我坐下。

此刻，我还观察到门口突然多了两个鬼鬼祟祟的身影，其中一个，就是“我自己”。正是赶过来准备表白的，但是没有冲进来，只是猥琐地盯着我看。

我为什么要觉得自己猥琐啊？但这个词很自然地冒出来。看起来，我以前的确没有好好观察过自己。

另一个，就是把“第一个我”打死的肌肉男——阿超。为了区分目前的混乱状态，我把第一次转世的我称为第一个我，第二次转世的我称为第二个我，而此时此刻的田子君是第三个我。

阿超也在偷偷看我，但姿势更爷们儿一点，也不是偷看，而是以一种“这个是我的妃子”的眼神在俯瞰。大概因为太大只，老师和学校保安都打不过，大家也就默许他这么偷偷盯着我（田子君）吧！

难道是阿超和田子君杀死了我（附身在陈俊身上的我）？不对，阿超因为打死了我（第一次转世的我）被抓了起来，不可能出现在田子君家里。现在，那个猥琐的第一个我，没有过来表白，阿超也就不会过来打死我。而陈俊，一会儿要去麦当劳。他会不会去麦当劳呢？因为决定去麦当劳的是我。比如，现在，那个猥琐的第一个我，就没有胆量过来表白，导致被打死。

此时此刻的世界，我依然是不了解的。我，作为田子君，站在教室里，没有人叫我坐下。大家在底下窃窃私语，我也屏蔽掉了，犹如开了静音功能。这样的确能帮助我好好思考。我坐下来，因为课程已经结束，英文老师骂骂咧咧地走出教室，看样子，也没有叫我去她办公室的意思。

坐下来的感受完全不同。这个是田子君的身体，女孩的身体，屁股接触凳子的那一刻，我才意识到，这是我没有机会了解过的少女的身体。我的右手情不自禁地端了端右边的胸，真的有长乳房啊!

真想大声喊出来啊。我完全没有意识到，阿超已经走进教室，痴呆地看着我，直到我的手碰到了自己的乳房，才大吃一惊，把手伸过来，阻止我做如此不雅的动作。

“这是在教室，小宝贝！”

阿超是在叫我吗?

“对啊，我们回家再做这事，好不？”阿超嬉皮笑脸的样子真叫人恶心。

不过，听阿超这么说，难道田子君已经和阿超发生关系了吗？她不是和陈俊有地下情吗?

“我有点不舒服。”我的话通过田子君的嘴巴说出来，声音还是挺好听的，真舒服。如果可以的话，我想找个角落，自言自语，让田子君的嗓子多说一些我喜欢的话。

“下面的课就别上了吧，跟我看电影去？”阿超并不是真的关心田子君到底是不是真的不舒服，而只是想带他的妞到处走走。

附身在田子君身上，我几乎是被阿超拽出学校的，临走的时候，瞥见了我自己（那个瘦弱的男生，如痴汉一般望着我，大半个身体躲在一棵树后面）。

这真是我第一次彻彻底底讨厌自己，甚至并没有意识到那个人其实是自己。当时心底升起来一句话，就是再也不想见到这个人。

“我们不是去看电影吗？”坐在阿超的摩托上，发现摩托正在朝远离市区的方向驶去。

“你不是说过想爬山吗？我们先去爬山，晚上再看电影。”阿超低沉的声音支支吾吾的。

“放我下来，我哪儿也不想去了。”现在我想一个人待着。但之前阿超的种种表现，他应该不会听话。果然，前方没有反应。我就一直用指甲掐他的脖子，高速行驶的摩托车左右摇晃起来。

“你想死啊！”终于把摩托停稳之后，阿超吼了起来。

我不想废话，下车准备离开。阿超把我的肩膀固定住，我完全无法挣脱，女孩的力气真是小啊！

其实我心里是害怕的，这个阿超是杀过我的凶手啊。嗯，在这次的世界里面他倒是还没动过手。为什么他会下那么重的手？我该怎么问他呢？是他太爱田子君，还是太讨厌别人抢他的“女朋友”？

问题是，我现在是田子君的身体，问一个人，他在某一次的世界里面犯过的罪，别说他了，就是我自己也会觉得我自己有够疯的。

现在先摆脱这个阿超，知道他有“杀人”的潜质，我不能太硬来，否则又会被杀死。但是，如果再次被杀死，我就又会进入一个人的身体，说不定可以回到我自己的身体。我平平安安不惹事，不去找田子君，认真读书听课，度过一生，不是很好吗？

我居然动了希望这个阿超杀死我自己的念头。现在的我，有点懂那个日本恐怖漫画家伊藤润二笔下的富江希望别人快点杀掉她的心理了，富江是需要靠这种方式繁衍下去的，我则是需要通过不同的转世，回到自己的身体，回到自己的人生。

我吞了一下口水，说：“阿超，我也很想和你去山上，但是我现在有点不舒服，不能吹风。你如果喜欢我，就不要勉强我。”

阿超见我不再挣扎，也没有再固定我的身体，手还是没有放开，头慢慢地低向我说：“子君，你知道我是怎么样的，我只是想和你在一起。”

我把头扭过去：“至少，我们先回市区吧，今天天气也不好，等休息日的时候，再一起去爬山不好吗？”

阿超看出我极力想甩掉他，恶狠狠地把我摔到地上。

“和我在一起就这么让你不爽吗？我今天就是要得到你！”

“什么，得到？你要强奸我吗？”我一下子说出这么一个女孩子不适合说的话，还真是一件有预见性的事情啊。但是，我情愿被阿超杀死，也不愿意被强奸啊，你一拳打死我好了！

阿超把我拖到路边，顾不得去管停在路边的摩托车，一边把我摁在地上，一边开始用身体压过来。在压的过程中，开始解裤子。

我能自杀吗？现在这个情况，怎么自杀呢？

田子君的身体，我曾梦寐以求，现在我就在她的身体里面，但我要被一个曾经杀死过我的男的给强奸了。我跟这位猛男肯定上辈子是世仇，他杀我一次，奸我一次。下一次会是什么？来一辆车撞死我好了！我就这么想着。

我开始怀疑这个世界是一个心想事成的世界，只是灵验的都是不好的事情。我附身在初恋身上，被一个猛男情敌给强奸了，然后真的来了一辆大货车，在转弯的路口，直接冲我们两个人撞了过来，然后我再一次死掉了。因为太熟悉流程，我内心不再恐惧，等幻灯片，等头顶上一片光，中间的过程就像调整心情，需要休息一样。我等待再次醒来。只是希望，这一次是我自己的身体。

其实，我心中不止一个念头。因为等待的时间实在是有点漫长，人的欲望会一点点渗透出来。刚开始，我是希望赶紧附身，不，回到自己的身体，安安分分地过生活，不招惹是非，不奢望成功，能多陪陪爸妈就多陪陪爸妈，反正过几天，他们也会离婚。然后也不再追求田子君，因为她杀过我。严格意义上来说，她杀的不是我，是我们班的班长陈俊，只是当时我的灵魂附在陈俊的身体里面。我替陈俊感受到了疼痛，这种仇，这种怨，甚至可以抵消一直以来我对田子君的爱。

然后我又开始想，如果我附身到其他人身体里面该怎么办？如果是陈俊呢，就注意不要单独和田子君待在一起，免得被她干掉。如果是田子君呢，就千万不要答应和肌肉男阿超出远门。如果是数学老师呢，就立刻请假回家，把能找的钱都找出来，开始环游世界。因为数学老师已经长成那个样子了，生活也不会对他有多少优待。剩下的时日，能挥霍就挥霍。

我想了很多方案，其中还有千万不要附身到阿超身上，因为我对肌肉感觉真的很恶心。但刚刚不是连数学老师都想了吗？好吧，如果是阿超，我就真的找上田子君，和她亲热一会儿。

你知道，等待的时间太长，我一个大男人，难免会想些男女之间的亲热事。但如果还是附身到田子君身上呢？如果有个男人硬要和我发生关系呢？如果那个男人是我？我的意思是，是我的身体。好吧，那个时候我不知道是年轻时候的我，还有要怎么样和田子君发生关系。

我要满足吗？我不满足，对我来说，一生的夙愿也就这么草草结束。如果满足，我不仅是和同性，而且是和自己发生了关系。这种事情怎么对其他人解释？

我承认我想得太多。因为等待的时间实在太长，而脑子越发清醒，在分析之前遇到的种种不合理的事情。

其中比较大的一个疑问是，为什么我每一次转生，存活时间都不超过3个小时呢？是不是有一种可能，每一次的生存时间其实真的只有3个小时？刚想到这里，眼前开始有了一线光，意识也可以控制自己的身体了。和之前所有的转生不同，之前都是趴在课桌上，而这一次是躺着的。

眼前的光线越发明显，我甚至在用力让自己的手举起来，看一眼。不知道为什么要做这个动作，大概是因为想看见自己是不是还有手吧。

好熟悉的手，但不再是少年的手，就是我现在这个年纪的手。现在这个年纪？这句话听上去好奇怪。

我醒过来了？我并没有死？

刚刚只是一场感受特别真实的梦？“我在做梦吗？”我说了一句特别烂熟的台词，说完自己都觉得是不是能说点别的。

眼前并没有什么医生、护士团团围着，至少我现在躺着的样子并不是被抢救的状态。这是一间普通的病房，普通到我可以观察到床头柜上的那束鲜花有些谢掉了。

“你醒来了！”一个稳稳的声音问我。

我们是在演电视剧吗？大家的台词未免也太刻板了。

我看到房间里面只有我和一个中年男子，大约40岁，头发被整理得很利落，没有穿医生的衣服，也没有穿护士的衣服，就只着一身很贴的西服。

“到底发生了什么事情？”我本来想问我在哪儿的，但那样真的就是演电视剧了吧。

“先生您好，我叫KK，感谢您免费试用了一次我们往生循环记忆的系统，感受还好吗？”

“就是死后的世界吗？”我之前的种种遭遇似乎让我能够很快接

上对面这个中年男子的话题。

“看来效果不错，经过几次的重复，你已经越来越了解我们的系统了。”

“之前我遇到的事情你们都知道？”

KK的头侧了一下：“准确地说，计算机都记录在案了。”

“之前的世界都是假的？”

“也不能这么说，我们提取你希望回到的年代的很多信息，在你的大脑里面模拟了一个差不多的城市，这样你可以一直在里面活着，哪怕你实际的身体甚至大脑已经消失。”

“什么意思？”

“就是单纯把你的思想放入了这个模拟的世界。”

“那么，我为什么总是活不长呢？”

“很简单，这个只是测试版，每隔3分钟到3小时不等，世界就被重启一次，将来投入使用之后，只要硬件内存能够跟上且中途不断电，你想活个1万年也是可以的。”

“1万年？硬件能撑这么久吗？”

“这么说吧，刚刚你经历了那么多次轮回、转生，对于我们实际的生存时间而言，不超过半分钟，人的感受意识上的时间和实际时间是可以分开的。”

“那为什么我每次附身的对象都不一定是我自己，而是一些周围的人？”

KK叹了一口气："这就是我们找你来做实验的目的，因为中途设备会出现我们难以预料的状况，导致意识投射的角色会出现偏差，我们还不知道这个和意识跳跃有没有关系。"

"所以你们寻找到人生经历如此失败的我，让我去实验一次次的人生，纠正你们的实验。"

"其实，对于你而言，也是一次很好的体验啊。"

"被儿时不同的角色干掉，是很好的体验吗？"

"如果你答应我们继续这个实验，我们会把这个过程调节到30天，甚至1年。今天，又有新设备投入使用了。"

"答应你们这件事的意义何在？"

"你没有想过这件事的意义在哪里？这个实验解决了人类有史以来最害怕的问题，那就是我们死了之后会去哪里。你想想，我们让你回到了少年时代最美好的时光，那个时候，父母健在，无忧无虑，想得最多的就是追到心中的那个女孩。且这种日子不会结束，过完一个暑假，就接着一个暑假，无穷无尽的暑假，你就只活在人生最美好的时光里。"

"我就是一个试验品？"

"一个极其美好的试验品。"

"我还会醒过来吗？"

"如果你愿意的话。"

我摇摇头："我现在这副实际的身躯，早就病魔缠身，当初为了换治疗的钱，签了一份无限医疗实验的合约，这才落在你们手上的吧。”

KK点点头：“我们对你的身体很好，也是尽可能地保持机能，至少你现在能够醒过来和我说话。”

“但是也无法做其他事情了吧？”我这么说的时候，发现能够控制的也就只有手，身体胸部以下知觉全失。

“所以我不答应你们的话，你们就会把我当一具医疗垃圾扔掉？”

“没有到垃圾这么难听，至少会转到普通病房，然后请你结算一下之前手术的费用之类的。”

“我能有一个要求吗？”

KK没有回答。

“我希望表达一下我的感谢，感谢你们这一次让我能够醒过来，知道了一些事情的‘真相’，下一次就让我彻彻底底地停留在我人生最美好的时光吧！”

KK没有点头，他知道我已经答应继续这场实验，实验的最终结果是将会让一批批去世的人永远活下去。

“这一次，没有人会杀你，也没有意外，时间到了，你就会晕厥过去，然后生活再重来一遍，时间有1年。”

我没有回答，只是闭上了眼睛，原本还以为会有签字什么的，但是想想，下一次醒来的时候，说不定连手都没有了，大脑也没有了，世界上将不存在实际的我，我就一直活在那个高中，有田子君的美好岁月里。在那个世界，我一定要追到她一次。

我睡着了，我知道我醒过来的时候，又会是那个初夏的课堂，有着微风，熟睡的少年，嘴边还有口水，心里没有顾忌，只是脑海中有一个女孩的身影。

突然，老师用纸团把我砸醒了，用脏话抱怨我不好好学习，没有将来，没出息。老师这么爱预言学生们糟糕的未来，究其原因，还是因为自己有一个不堪的现在。

虽然我知道眼前这个老师只是电脑程序中的一部分，就是一个可以消灭的角色，我可能会在某一次的“轮回”中把学校里看着不顺眼的都屠杀掉。

我也可以试试，和每一个人谈恋爱，女的、男的、老的、少的，反正都会推翻重来，不必记忆，不必负责。我还可以一个人躲起来，什么人也不见，安静地度过自己的漫长岁月。我可以把我知道的写下来，但是我又有什么办法把我写下来的这些东西保存下来，传给外面？那个外面就是KK活着的外面。

我想太多了，说不定每分每秒都是被监视的、被记录的，当下的人间看不到，但是他们想看随时能够提取。没他们不知道的事情，只有他们想知道的事情。我是一个没有秘密的人，不，我不再是人，肉身对我而言意义不大，我是一个没有秘密的系统“玩家”，是整个系统的一部分。KK没有和我说到底可以循环多少次，万一循环的次数太多，我的记忆会不会爆炸？还是说，每100次我的记忆就会被清空一回。那时这个系统会不会死机蓝屏啊？那时的我就像第一次转生那样，以为自己真的回到青葱岁月，有着真的无限的可能性。

说到底，我心中真正想过将来。我的将来，就是要得到那个女孩。

非常瘦

你愿意为瘦身付出多少代价？
是死亡还是疯狂？
如果昔日闺密瘦身成功却不把秘方告诉你，
你会怎么做？

你会为瘦付出什么代价？赵一对这句话印象深刻，这不是宋丽说的最后一句话，但基本上囊括了赵一对宋丽的全部印象。换句话说，宋丽是一个愿意为瘦去死的人。

社会上，每一种畅销的减肥产品的寿命不超过两年。每过两年，它就会换一个新的名字出来。每一年，甚至每一个月，我们都会听到一种新的疗程出来，买家宋丽都会追捧。如果金钱和时间给了无限的配额，宋丽会这么一直试下去。

“宋丽从来不算胖啊。”弟弟赵二喝完一口咖啡接话道。他们之间的话题动不动就会扯到宋丽身上，因为赵一也一直在减肥，每次找到什么新方法，宋丽都会先以身试法，然后大力推荐，试过几次之后，又放到一边。好处是，看看宋丽的效果，再决定是否放手一试。

“我早就跟你说过和我夜跑得了，根本不必去在乎那些新发明的减肥方法。”赵二望着自己的新版跑鞋，幻想夜晚奔驰在大街小巷，和路人猛然擦肩而过的瞬间画面。

“如果不是你陪，我根本不会去夜跑。”赵一还是觉得夜跑对于一个女孩来说有点危险。两人正在百无聊赖地闲扯的时候，宋丽把包放在了桌上，然后轻轻把身体放在了椅子上。

赵一从下到上打量着刚刚到来的宋丽，用手夸张地捂住嘴巴。她是真的替姐妹高兴，比姐妹找到了终身好归宿还要激动，另外觉得自己的体重也有救了。

“你瘦了好多！你瘦了好多！你瘦了好多！”赵一终于知道了什

么叫重要的事说三遍。

本来想说风凉话的赵二也是很相信眼里面所看到的。上一次，也就半个月前吧，他还记得宋丽的小肚子上下颠簸的节奏感，现在已经平滑到肚子就像一个黑洞，可以吸光所有脂肪。宋丽像是等待迟到的王冠加冕一样，一边假笑着，一边暗示突然站起来的两位赶紧坐下来，不要引起骚动，自己并没有身材苗条到维多利亚的秘密的模特的那种地步，还得再过几天。

赵一双手握住宋丽的双手，很诚恳地说："说吧，什么药，多少钱？"

宋丽把桌上的包移开，叫来服务员点了一大杯冰激凌。赵一感慨加尖叫："啊，还不用节食。"

赵二对眼前这对姐妹的减肥交流感到有些无聊，准备找个说辞离开。赵一眼神就没离开过宋丽的包，手背过去挥了两下，暗示赵二赶紧离开。

……

赵一有些不敢在街上走了，哪怕有赵二陪着。她有点不想承认这是宋丽影响的。上次和减肥后的宋丽见完面之后，赵一觉得自己被击垮了。两个女孩，两个从小到大都玩在一起的女孩。其中一个偏漂亮，而且是长期偏漂亮的那种，是习惯性地将旁边那一个当丫鬟使唤的。这种习惯是潜移默化的，是不被自己的善良控制的。出门玩耍、上街购物，甚至只是上一个厕所，都需要对方的陪伴。而这个对方，就像是一盏苹果灯一样，会把自己照耀得更加闪耀动人。

话说回来，宋丽不胖，甚至都说不上是婴儿肥，就是比赵一稍微重了一点，脸看起来大了一点。这个也成为宋丽常年的心结，没有人愿意长期跟在别人背后，只是当一个比较丑的对比物。因为在大家讨论的话题之中，比较胖，就等于比较丑。

赵二倒是无所谓，他对瘦下来的宋丽也没多大兴趣，甚至都比不上电脑里面存的那些女孩。但他觉得自己姐姐真的被减肥后的宋丽影响了。上一次聊天之后，赵一并没有得到宋丽减肥的方法。回家后的赵一，大叫道要和宋丽绝交。嗯，在等到方法之前。

再次上街的赵一，显得有些疏于打扮，家居裤、松垮的T恤，被弟弟赵二硬拉出来看电影。等开场的时候，也都是找一个角落，焦躁地坐着，嘴里含着口矿泉水，久久不吞咽。

“你看，那不是宋丽吗？”赵二本不想提醒赵一。

赵一已经有点不敢正眼看宋丽了，眼睛低低地看着地上。她心中已经有了一个标本，那个标本是完美的、有光环的。自从上一次宋丽拒绝告诉自己那个关键的减肥的秘诀开始，赵一就有心里被挖掉一块的感觉。心中虽然在说，现在算是你的报复吗？但宋丽的脸上也是，对啊，老娘今天弄成这个样子就是为了给你看的。而赵二一直在劝，说这不过是赵一的世界太小了，那些网上运动减肥的成功案例，效果也不比宋丽差啊。

为了安慰自己的老姐，赵二放弃了在网上秒杀一双球鞋，硬生生拉赵一出来瞎逛着，还特地选择了一个偏远的广场。赵一没有化妆，穿着帽衫，低头看地。路上还是遇见了宋丽。这种巧合就好像宋丽一直在跟踪这姐弟俩，然后在他们不想见她的时候，跳出来，硬生生地来打招呼，躲都躲不掉。

赵二甚至都觉得宋丽包里藏着一杆秤，随时随地掏出来，让两个人比比体重。宋丽一如上一次那么瘦，骄傲地离开。赵二也不知道她和赵一说了什么。恍惚间，他看见宋丽的脖子奇怪地扭了过来，90度？180度？拿不准，反正不是人类可以扭到的程度。一晃眼，又好像是自己看花了眼。两个女孩还是窃窃私语的样子，没有狗血剧里面大撕逼的模样。赵一的表情逐渐轻松了一些。

“姐，她和你说了什么？”

“没什么。”

“那你为什么笑了？”

“我没笑。”赵一把手里的瓶子抓得更紧，那是她从宋丽的包里偷出来的一个透明瓶子，里面装着白色的液体。她轻轻摇晃着。

赵二眉头一紧，虽然小瓶子扣得死死的，但他似乎还是闻到了一股子酸味。

“这就是宋丽的减肥秘方？”

“应该是。”

“怎么用呢？”

“不知道。”

“万一不是呢？”

“我肯定是，我直觉很灵。”赵一活力回来了一点，她像拿到了制胜之牌一样。

“你打算怎么用这个东西？直接喝吗？”

“当然不，我蠢啊，剂量不知道，是喝的还是涂的也不知道，但我知道宋丽肯定会回来找我，要回这一瓶东西。”

“她怎么会知道是你偷，不，是你拿的？”

“她就是知道。”赵一摘下戴在自己头上的帽衫上的帽子。下午的大太阳照到她脸上，她一股子得意劲儿。

姐弟俩回家。

第一天，没有异常，没有电话，没有微信，宋丽甚至没有更新朋友圈。

第二天，有同学突然微信过来，问了问宋丽的情况，也只是打听而已。赵一说谎，说自己上次同学会之后就没有再见过宋丽。上一次同学会是宋丽还没有瘦下来的状态。

赵一这样说，内心是想把瘦身成功的宋丽从记忆中洗去，另外，也是很想见宋丽。

那个透明的小瓶被当作普通瓶子放在写字柜第二层里面，没人注意，没人知道用途。赵二觉得那股原本若有若无的酸气开始在家里蔓延开来。他知道应该是瓶子里面散发出来的，看着姐姐每次拿出来握在手里，望着窗外，内心觉得这玩意儿十分不祥。

“你没试过瓶子里面是什么东西吗？”赵二忍不住问了问姐姐。

“试过，你看。”赵一撩开裤腿，大腿上面有一个淡淡的新疤。

“这是硫酸吗？”赵二大喊道。

“不知道，我只是倒出来，滴到我腿上，就变成这个样子了。”

“幸好你没喝。”

“我不敢乱用，但这个肯定是宋丽减肥的关键，不是涂的，不是吞的，难道是倒在地上的啊？”

“咱们要不要拿去化验一下？”

“嗯，我也这样想，明天就送去检查一下。”

明天还没有等来，一通电话就把赵一和赵二叫出了门。这个电话和宋丽有关系，却是宋丽的爸妈打来的，说宋丽失踪了。

房间里面有一部宋丽的手机，手机的拨出电话里面有赵一的电话，于是他们就联系了赵一。

“这两天，宋丽从来没有打电话给我啊。”赵一当然想知道宋丽的下落，但她没想到是这样的方式。

“你说，有没有可能是宋丽不停拨打你的电话，在你没接的时候，突然就挂掉？”赵二在旁边分析道。

姐弟俩坐在宋丽的爸妈家里，里面还留有一个宋丽的房间，甚至有点老旧，一种20年前《我爱我家》里面的家具陈设，和宋丽本身洋气和时髦的外表根本连不上线。

“其实，宋丽很少回来，她说她在外面和男朋友住，但她从来没告诉我们她住在哪里，本来每个周末都会按时回来和我们吃一顿饭。”

“是不是和朋友出去玩了？”

“我们也是这么想的，所以就找了找她的电话里面的联系方式，然后就联系了你。”宋丽妈妈平铺直叙，看上去也没有很担心的样子。

旁边坐着面无表情的宋丽爸爸，眼睛盯着还在开着的电视，虽然已经关了声音，但里面的球赛已经到了关键时刻。

“姐，你有没有觉得这家人好奇怪啊。”赵一听赵二这样说，轻轻点头，但没有出声。

“姐，你有没有闻到什么？”赵一继续轻轻点了点头。赵二闻到的是那股从小瓶里面传出来的酸味，那个小瓶子里面的液体烫伤过赵一。而这股味道，在这个家里就更加明显了。

“姐——”

“怎么了？”

“我怎么觉得宋丽还在这个房间里？”

“不要乱说。”

“阿姨，我可以去宋丽的房间看一下吗？”

宋丽妈妈没有说话，眼睛朝里面的某个房间看了一眼。一个房间虚掩着的门，心电感应一般被风吹了开来。赵二也不等老人家同意就站起来走入了房间。房间里满是淡黄色的装饰，床上摆放着略显旧色的玩偶，床单被重新叠过，地毯刚刚被吸过尘。桌子上还放着一本宋丽写的日记，翻开看是高中时期的，应该被宋丽的妈妈经常翻阅，于是就摆放到书桌上，方便随时阅读。赵二不想太仔细搜索，他毕竟不是警察，能够一下子看出端倪。另外，他虽然也交过几个女朋友，但是进入一个女人的房间，次数不多，心里还是有些别扭。房间里呈现的是宋丽10年前读书时的场景，那个时候的偶像周渝民的海报还贴着。赵二觉得再待下去也没意义，走出房间，随便和宋丽爸妈客气两句，就拉着姐姐赵一出门。

一到大院，赵二就捂着胸口大口喘气。

“我都要窒息了，你没感觉到？”

“你是说那股子酸味吗？”

“是酸得有点发臭了。”赵二还想用更重的词，“姐，你说，会不会是……”

“是什么？”

“宋丽已经……然后尸体还在那个房间，我们闻到的味道是宋丽的？”

“不知道，这个味道让人很不舒服，但又不纯粹是人肉发出来的，我觉得还有其他原因。姐，你看过《整容液》吗？”

“那个韩国网络漫画？”

“就是整容液这事是真的，宋丽用了整容液减肥，把多余的肉给取了出来，放在家里，然后也像漫画里面那样，整容液放多了，宋丽把自己给溶掉了。”

赵一觉得好荒唐，一个在漫画里面发生的幻想故事，被弟弟说得这么有鼻子有眼。把家里那瓶从宋丽包里偷出来的液体拿去化验不就好了嘛。

“我们要不要报警？”

“宋丽的爸爸好像已经报警了，我们再报警是什么立场啊？”

“凶杀案啊，伯父伯母好像没感觉到自己女儿被杀了。你没看见宋丽他爸还趁机看了场球赛呢。”

听赵二这样说，赵一也觉得这个家里的气氛有些奇怪。

“我们还是别多管闲事了。”赵一有些退缩，她腿上那块被白色液体滴到的地方有股子胀胀的痛。

……

回家后的赵一和赵二分别瘫坐在自己的床上，回忆之前发生的种种细节。恍惚中，赵一开始做梦。梦里面，宋丽还是那一副光鲜亮丽的模样，甚至背上还有了一对小翅膀，绕着赵一飞来飞去，身体变得轻盈又瘦美，笑而不语，只是一直绕着赵一飞翔。赵一低头看着自己的身体，开始膨胀。整个过程就是，宋丽身上多余的肉慢慢飘到赵一身上，越飘越多，赵一逐渐肿成了一颗人球。

赵一是被赵二摇醒的。

“姐，姐，那个小瓶子不见了！我刚刚想再看一下那个瓶子里面装的是什么，结果去你柜子里翻，完全没有，肯定被人直接取走了。”

“啊，我不是收在抽屉里的吗？”还沉浸在刚才那个恐怖的梦里面的赵一脑袋嗡嗡作响，眼前似乎还有宋丽飞来飞去的幻影，“那我们应该怎么办？报警吗？以什么样的立场啊？这个小瓶子本来就是我们偷的啊。”

赵二站起来，吞了一下口水说：“姐，我们不应该去宋丽家。如果这个瓶子就这么失踪了，而我们从来没去过宋丽家，就不会被怀疑。”

“你是说，我们被怀疑了？”

“不然宋丽爸妈怎么会找到我们。你真以为是凭着她那个手机联系方式找到我们的？之前我进入宋丽的房间，发现她高中的一本日记被摊放在桌上，纸角边都快被翻烂了，看起来是时时刻刻被人翻看的。我随便翻了几页，上面写的都是讨厌你，希望你去死的话。”

“怎么会这样？”赵一嘴里这样惊叹，心里又觉得日记里面会出现那些字眼，并不是太稀奇的事情。

之前宋丽还是一个身材平平的胖妹的时候，一直是作为丫鬟的身份出现的。每一次路人、新同学、新老师的眼光都是先看赵一，最后才落到宋丽身上。每一次同学出去玩，大家都觉得宋丽似乎是多余的，于是宋丽每次都会主动拎包、抢先埋单，听冷笑话先哈哈哈哈捧场，才会获得一些小眼神的肯定。

某一回，宋丽问赵一，上次的集体生日宴为什么没有邀请她，赵一头一歪：“啊，你没去吗？我们没请吗？”

“这么说起来的话，你还蛮值得被讨厌的。”听赵一说完女孩之间这些细节后的赵二总结道，“但不至于恨你恨到想杀死你吧。要杀早杀了，等到现在？也不对，她是要等自己呈现完美状态，然后羞辱你至死，才甘心。啊，你们女人，好邪恶。”

“什么邪恶，都是你的推论而已。你就是动漫看多了，才会想些奇奇怪怪的东西来吓唬人，什么整容液，什么高中受辱后的大报复……要报复，值得报复的人多了去了，怎么只找我一个？还有任云云，那个给宋丽起外号的任云云，不是更值得被报复吗？”

赵二不嫌事大地半蹲在赵一面前，逐字逐句地说道：“姐，你怎么知道任云云没事呢？你们多久没联系了呢？”

赵一细想了一下，上一次同学会任云云就没有来参加，据说是跑到海外旅游，大家没有细问，都只顾回忆各自的高中糗事。上一次宋丽也没有参加。

“你的意思是说，任云云也失踪了？我怎么记得前两天还看见她发朋友圈了呢。”

话说到这，赵一打开朋友圈，点中任云云分享的一条，是减肥餐的挑选，上一条是减肥中绝不能碰的十种食物。

“你看，人家不是每天都还发着微信朋友圈嘛。”

“对哦。”赵二跟着又翻了几条，“那怎么解释都是转发，又都是和减肥有关系呢？说实话，我并不熟悉任云云这个人，她也很胖吗？”

“任云云不胖，身材很标准，读高中的时候，还去当了几天业余广告模特。之后也没见她发胖过，她应该没有减肥困扰。”赵一说到这里，就低头看看自己的肚子，被T恤覆盖着，不捏的话看不出有一层肉。但有没有，自己知道。

“错，就是这样的人才是最执着的，她们从来没有胖过，也就是说她们把一切胖的可能都扼杀在了初级阶段，普通人根本察觉不了。但只要让她重50克，比让她死都难受。唉，蠢了，我们废话这么多，我们微信一下她不就知道答案了吗？”

赵二趁赵一不注意，用手机给任云云发了一条：“hi，过得咋样？”

5分钟过去了，任云云没有回。姐弟俩有些失去耐心了，不再盯着屏幕，假装去做别的事情，余光还是看着手机亮没亮。

10分钟过去，房间里面很安静。姐弟俩对视了半天，都在等一个结果。

“最坏的可能就是任云云也失踪了。微信不回，我们就直接打电话过去呗。”赵一觉得自己好傻，习惯用微信沟通之后，总是把那个已经被视为过时但其实是最直接有效的沟通方式——直接打电话给自动屏蔽了，对方一时之间不回微信，就心生了一些绝望。

空号!

“姐，你们是有多久没联系了？你人缘是有多差！”

“是任云云她自己人缘差好不好，作为漂亮的女生，基本是没什么朋友的。”赵一一再托词，但又尝试拨打了一次。

空号!

“既然是空号，就别再打了，我们不要做无用功好不好。”赵二不耐烦起来，他觉得陷入这件事情有些无聊。虽然心中还是有很多疑问，但他内心开始放弃去寻找答案，越发觉得和自己无关。

“我去玩LOL了。”赵二用平速的语气说完之后走出了房间。

赵一没有回答，她还是拿着手机，在想一些另外的可能性，在找其他同学了解宋丽和任云云两个人的下落。

其实最开始，我也只是想知道宋丽那个最有效的减肥秘方而已啊。

瘫坐在沙发上的赵一盯着天花板，这么想到。如果就此放弃，好像也没损失什么。对吧，让这件事情暂时结束吧。赵一有些累了，边想边困，也不在乎隔壁传来打电玩的声音，沉沉入睡。

如果你想让一件事情快点结束，就暂时不要去理会它，它自然会来找你。

赵一觉得自己瘦了，准确地说，是她证实自己瘦了。原来也就是感觉。看镜子里面的脸，比以前多了些线条。幻觉吧。站上了几个月都没有站上去的秤，比之前只有自己知道的数字的确少了些。掏出柜子里面的牛仔裤，拉链一下子就滑上去了。

这个世界还不知道自己瘦了这么多。是一种什么样的体验？和闷声发大财差不多吧？

一种明知道走出去之后，一定获得喝彩一片的笃定；一种大家都向你学习，膜拜你，而随便说两句少吃多运动之类的正确的废话，就有妹子、弟弟们掏出笔来诚心诚意记下来的大王的感觉。赵一是一路膜拜过来的，她知道那种卑微感。而现在身体告诉她，现在的她在走向高峰。

赵一本来是可以尽情去享受这种减肥后的快感的。唯一让人有些不安的是，赵一不敢面对自己瘦下来的真正原因。一想到这个，她就会蹲下来，捂住自己的头，避免那个想法蹦出来，击垮她。

是那一滴白色的液体吗？滴到自己腿上的那一滴白色的液体，现在却看不出任何痕迹，这个是抹的吗？问题是，那一瓶被自己弟弟赵二称作“整容液”、散发着奇怪酸味的白色液体失踪了。那一滴是一个最棒的试用装，效果明显，让人一下子就上瘾。

赵一越瘦，就越想找到那瓶液体。已经没有办法正常上班工作了，比上一次，被完全瘦下来的宋丽击垮的那几天还要恍惚。每隔1个小时都会上秤看数字的变化，然后蹲在秤上，大哭几个小时。

这一切，弟弟赵二目睹着。他也知道，获取关键的线索，就是宋丽的下落，或者是任云云的下落，都能把赵一拉回轨道。他不太相信是那滴神奇的液体让赵一瘦得这么快，而是赵一内心的不安和不肯定，让生活起居变得毫无规律，继而引发食欲不振。所以，赵二也是随时看着姐姐放在旁边的手机。

奇怪的是任云云，无论何时与她微信沟通，几乎是每半个小时就给她发一条信息，打招呼都没有回音，但是朋友圈还是一如既往地更新着。

“姐，我们出去走走吧。”

“好的，等我换件衣服。”赵一残存的理智也在拉扯着她，让她知道，自己不再思考就是一种安静。幸好有这么一个弟弟，在电玩和上网之余，很认真地关心着自己。当然还有来自乡下老家爸妈的问候。

每一次，姐弟俩都要喝一大杯水，假装很有元气的样子，给爸妈打个电话。

“对，没事，我们可好了，吃好了，喝好了，睡好了，天天都上厕所。没有去妈妈说的那些垃圾食品餐馆吃饭，身体可好了。对，你们放心吧。好的，挂了，你们快去打麻将吧，多赢一些钱，给我们把机票钱挣了。好的，挂了啊。”

赵一、赵二没有那么严重的漂泊感，他们是两个人一起生活的。其中一个出问题了，另一个就会突然长大，担当起长辈的角色，直到对方痊愈。然后再一起天真、幼稚。

有一次，赵一怪赵二，说：“我们姐弟是不是该有些距离，让一些人插进来，否则很难交到对的男朋友、女朋友啊。”

赵二随口搭了一腔：“谁想插进来，那得先过我这一关，先插我。”

说完才觉得不妥，假装不好笑的样子，撇过头玩手游。

那个时候赵一也没觉得体重是多重要的事情，也觉得，就算等不到那个对的人，姐弟俩就这么活到人生尽头，也不算悲惨。

直到赵一碰到了减肥成功、外形艳美的宋丽。从那一天开始，就着了魔。有时会梦见宋丽像女王一样，骄傲地站在舞台上，自己圆圆滚滚地躲在幕布后面，揪扯着手上任何一件东西。有时会幻想自己瘦得和宋丽一样，不，更瘦，肉是眼睁睁地缩进去了，一回头，自己顶着一颗骷髅头，上下牙齿还在咯咯咯地打着节拍，想说几句炫耀的话，发现自己的舌头已经因为减肥而消失了。

赵一还是觉得自己是正常的。她挑选了一件5年前的牛仔裤，穿上，刚好可以系上扣子。她对这种瘦的程度已经没有惊喜，面无表情地给自己化了一个淡妆，简单地吹了一下头发，又穿上一件白T恤，假装一切都是不经意打扮的，目的也就是展现她目前瘦下来的线条。

那些不安都是虚的，赵一觉得自己真正害怕的事情其实是“反弹”。

单独看这两个字，都觉得是拖着巨大的脂肪，像怪兽一样侵袭过来。每走一步，身上都滴着油。

我们穷尽一生都在躲避这只每时每刻都会出现的怪兽。我们遵守规定，按时按量吃饭，甚至不吃饭，早起早睡，跑过高山，大汗淋漓，但体重的数字只要攀升，就是被怪兽追上的时刻，于是我们堕入脂肪地狱，无数只手拖着自己下水：有美食诱惑，有盛情难却，有内心疲惫了想稍微放松，有跪问苍天，为何对自己不公……

自从手机上多了那个跑酷类游戏（代表作：神庙逃亡）以后，这只反弹怪兽的形象就更加明显了，我们必须一直逃跑，容不得半点歇息，哪怕坠入万丈深渊，也不能被它拿下，否则游戏结束，人生还不能重来一遍，只能一路荆棘，哪管前方杂草丛生。

赵一抬头试探着看了一下太阳，找不到方向，天气是阴暗的，但她还是从兜里掏出了墨镜。弟弟赵二在前方引领着自己，路上碰见久未见面的邻居、喜欢打招呼的阿姨们纷纷不吝啬自己的观察力，大力表扬赵一身材的变化。

“真的有那么明显吗？”

“你的确是瘦了啊！是不是吃什么药了，赶紧告诉王阿姨，你家王叔叔都要为我这个胖身体和我离婚了。”

“没有，只是最近身体不好。”为了配合这种说法，赵一胃里鼓出一阵恶心，轻轻咳了咳。

王阿姨走了。

赵二拉着赵一往前快走，急速离开这个社区，他还是要带姐姐去一些年轻人待的地方，也就是附近商业区那些热门的咖啡馆。两个人走得乏了，就找了个边边角角坐了下来。

“其实这几天我一直在找宋丽和任云云的下落。”

“哦。”赵一没有精神地答应着，她现在的状态是模糊加虚无的。

“宋丽的爸妈好像找了很多人去他们家，都是说宋丽失踪了，手机联络表里面有他们的电话，叫他们去家里看看。”赵二看着自己的手机备忘录说。

“哦。”很显然赵一没有听进去。

“而且我发现，这么多天过去了，早就到了可以报警的时限，但是宋丽的爸爸妈妈依然没有报警。他们好像知道宋丽在哪儿，甚至我怀疑，宋丽就在家里。”

“你还是怀疑宋丽被整容液给溶掉了吗？”

“整容液只是一个思考方向，但还是太荒谬了，现在要解决的问题是，为什么宋丽的爸爸妈妈要不停地叫她的朋友去她家坐坐。还有一种可能是，她爸妈也在找凶手。他们放弃了报警这条路，他们想通过自己的办法找到宋丽。”

“我们被怀疑过是凶手吗？”赵一头脑开始运转，接上了赵二的话。

“很有可能啊，你忘记了，那本高中日记写着宋丽是多么讨厌你。”

“她讨厌我，那应该是她对我下手啊，为什么我反而有可能变成凶手了呢？”赵一对有关宋丽的话题，分析起来一点不像一个恍恍惚惚的人。

“同时，我还找到了任云云的下落。”赵二眉毛一抬，这次带赵一出来，不只是要散散心，而是真的掌握了些线索。

“在哪儿？”

“我不是反复给任云云发微信没回吗，但她时不时会发朋友圈，我找了一个学计算机的同学，进入了任云云的账号，可以看到她发朋友圈时的地理位置，哪怕她发的时候选择的是不显示，但手机依然会记录的。”

“在哪儿？”

赵一仿佛只会说这两个单词，一直以来的迷惑要被解开了，她坚信，答案总有一天会找上门来，不管是弟弟努力寻找线索，还是任云云或者是宋丽主动联系她。

“在这里。”赵二摊开手机，上面是一幅定位好的电子地图，是在距离城市不远的一座小镇。虽然不远，但名字好陌生，就好像一直隐藏在这座城市旁边。

“我们出发吧。”赵一迫不及待。

“为了以防万一，我叫上我兄弟大只开车送我们过去，他身高2米多，当过行政保镖，遇到突发情况，会带我们逃走。”

“什么叫行政保镖？”

“无所谓，反正是保镖的一种，就算不管用，他站在那里还是能吓唬路人的。”

赵一正准备点头，发现前面的地上突然暗了一块，转头一看，是一个大高个儿站在后面。

“你好，我是大只。”敦敦实实的浑厚的声音，震得赵一前面的咖啡杯都起了波纹。

“怎么样？姐，这个阵容，我们都可以去盗墓了吧。”赵二看了看表，“现在还是中午，我们一会儿出发。大只你吃过了吧？”

大只点点头，那股魄力，显得这种个头的人有自己专用的食堂，每日消耗粮食半吨起。

赵一还是对“行政保镖”四个字产生了一些好笑的联想，就是那种站在下乡镇长后面的门面担当吗？

这句话赵一没问，当务之急，是要找到揪扯她好几天之久的宋丽和任云云的下落。

交通还算方便，因为不是周末，也不是上下班高峰期，天空的霾散了一点点，隐约能看到云和远方的山，越离开城区，越明显。

如果不是心中有事，前方未知，还真是一次不错的郊游。

“这个小镇我以前怎么从来没听说过，就叫流花镇吗？”赵一用一副地理白痴的表情问道。

“因为没有什么旅游景点，一般外来的人都不知道这个地方。前几年有好多砖厂，现在为了治理环境关闭了好多，镇上的人都进城打工，这里现在更加荒芜了。”大只边开车边说。

“你好像知道好多啊。”

“我表哥以前去过那里开厂，后来撤了，所以我去帮过几次忙。”

“为什么任云云会去那种地方？”

“有一种可能，加入了传销组织。”

“什么？”

“因为很多厂荒芜了，但厂房还能用，虽然断水断电，但夏天住在里面，问题不大，附近也有小河，所以这几年，被一些传销团伙利用起来，把召集的人都关在里面，不，按照他们的说法是集中在里面，管理培训。”大只轻踩了一下油门，面包车一路横行。

“你的意思是说，任云云可能是被一支减肥的传销组织给控制了。”

“可能性很大。”赵二插嘴，“但是她只是发一些常规的朋友圈，并没有很强调什么组织啊、牌子啊，和一般安利好不一样。”

“一般这种发朋友圈的功能是给家人看的，让家人知道自己平安，就不会过问太多。你们说发给她消息也不回，只是不停发朋友圈，有一种可能是手机并不在本人手上。”大只说道。

“大只，你怎么知道这么多，你以前接触过传销吗？”

大只胸口动了一下，深呼吸了一口，没有回答这个问题。

现在这个年代，好像很难说清楚城市的边界在哪里，连接城市之间的都是各种高速公路，大家没有时间和精神去走旁边的岔道。当大只把车开到正规高速公路之外的小路上，车子的颠簸开始严重起来。赵一手扶着侧边的扶栏，有想吐的感觉，但没有吱声，把脸憋得很难看，也就没有精力再聊天。赵二早就打开了耳机。按照定位的提示，还有半个小时，一行三人将来到流花镇。

赵二开始觉得这次出行有些莽撞，要不要先在家留下什么信号，如果三人失踪，还能留下些线索，让其他人追踪而来。于是用自己手机发了一个定时微博，如果这次出行被人软禁没收手机，这个微博就会发出去，透露出GPS的位置和他们最后待的地方。发微博的过程中，赵二感觉到信号是越来越差了。

其实距离城市中心也没有多远，怎么会给人感觉不仅跨越了空间，还穿越了年代呢？一条20世纪八九十年代的土路，路上偶尔走过一个老农，牵着牛，光着脚，沉默地往前走。大只一副见怪不怪的表情，一直向前开着，虽然他背后那个城镇的样子看起来也是发展中的状态。

车停在了一条河旁边，大只说："那个手机定位大致就是这个方位，奇怪，为什么不是在镇里面啊？"

赵二掏出手机看了看说："是不是因为再往里走，就没有手机信号了？"

"好歹是一个镇，怎么可能没有覆盖手机信号呢？"赵一看看远方的路口，那个镇看上去房屋错落林立，不像太荒凉和落后的样子。

"有可能的，你们不知道，有些地方的基站被私人给占了，移动、联通、电信都进不来。"

"为什么啊？"

"大概是为了控制人口出逃吧。"

"为什么要控制人口出逃？"

“这里曾经是一个很大的拐卖人口中转站。以前进入那个镇之后，就几乎是一个私人王国了。”大只用私人王国来形容，想必里面一定有它恐怖的地方。大只的眼神一直在扫描周围，他来过这里。他不仅来过，应该还住过，他在这里搏斗过。

这里曾经是他的战场。别说这里的一草一木，就是每条街巷他都能闭眼穿过。只待万物寂静，他振臂一呼，鸡犬相鸣。

赵一相信大只绝对有这个气场。从刚刚下车，到现在的种种表现，大只肯定是某个领域的王。赵一没有办法连续追问大只，来逐一解答内心的十万个为什么，因为每一个答案都将引发一个全新的世界。她需要消化，所以安静地听从指挥是最聪明的选择。

大只把车缓慢拖进丛林里面，又从后备厢拿出几套被穿过好多次的迷彩服，赵一、赵二对视一眼之后，接过服装。

“流花镇，原名流花乡。有一段时间，因为开各种厂兴旺过，后来据说因为一场流行疾病，大量居民外迁，沦为鬼城。然后又因为一些团体来这里聚会，慢慢成为某种非法组织的基地，拐卖的、传销的、走私的，也就是不法之地。警察曾经来整治过几回，所以白天看上去安安静静，但是一入夜，犹如百鬼夜行般，我们会看到很多平时看不见的东西。”大只像一个复读机一样，说出这里的地域特征。

在听到“传销”两个字的时候，赵一的头往下一坠。几年前，赵二被同学骗去某个传销组织，待了半个月之后，被当地警方解救出来。对消失的这15天，赵二只字不提，连在公安局录制的口供，都号称是自己失忆。这么一连上线，才让人想起，赵二和大只成为朋友，好像也是在那个时候。这样一连线，赵一内心就浮出一个大只抱着赵二冲出火海的画面。

“我什么时候变成腐女了呀？”赵一这么问自己。

三个人躲在了某个空房里面，透过斑驳的窗户，看外面的动静。

“我们可能已经被发现了，今天不会有什么收获。”在待了半个小时之后，大只望了望窗外，压低声音说道。

“被谁发现？我们要不要事先报个警啊？”

赵二接话道：“说不定要晚上才会有人烟。”硬说没有人烟也不对，偶尔有几条狗和山羊穿越而过，步伐不急，后面没有放羊的人跟着。

现在不能说放弃。赵一有些女孩子的软弱和怕累，但不敢说，一路颠簸至此，能说走就走吗？弟弟和大只也是为她而来的，且大只作为一个外人，现在领导着这支三人小队伍，没有怨言，还拿出各种设备、衣物支援。

只能静待佳音。赵一心里一直念叨着“功夫不负有心人”这句俗得不能再俗的话。

在等待的过程中，赵一靠在赵二的肩头小睡了一会儿。这一次是赵一睡得最沉的一次。什么梦都没做，可能也是因为这一次是她离梦最近的一次。好梦？噩梦？不得而知。她昏昏沉沉，只期待暂时别叫她起床。管他什么减肥、塑身，管他什么宋丽、任云云，都拦不住身体的累和一些放心。以前有弟弟并肩作战，这次还多了一个大只来鼎力相助，赵一内心的惶恐在逐渐消失。

等她醒来的时候，天色已黑，房间里面多了一个人。一个女人，一个穿着很邋遢的女人，看不出年纪，你也不会想知道她的年纪。为什么会多出这样一个女人？大概是因为她手上有一部手机，手机被紧紧握着。任云云的手机，那个奇怪颜色的手机套，赵一很快便认了出来。这样一个打扮的女人，手里拿着和她模样不相符的手机，是谁都会第一眼看到那个手机的。赵二蹲在女人面前，想用这样的姿势换取对方的安全感。女人没有大喊大叫，只是说的方言太过于含糊，不知道在讲什么。

大只站在角落里面，无声无息地吸烟，更多的表情是观察着。赵二看见姐姐赵一醒了，便开始交代：半个小时前，这个女人到河边，拿手机晃来晃去，后来知道她是在找信号，然后开始用手机里面的账号发朋友圈。赵二和大只走过去，以为会吓到对方，谁知道，女人像是等待救兵的表情，几乎是欢呼的姿势，要带两个人去什么地方。大只为了保险起见，先带她回这个屋子，看看能够获取什么信息。

赵一问道："我们完全无法和她沟通吗？"

赵二说："我甚至觉得她是柬埔寨人，说的话完全不懂，但又基本明白我们的意思。大只说，这个女子要带我们去一个地方，那里可能会有任云云和宋丽的下落。"

大只在旁边补充道："我只是推测，但看这个人，应该不是来害我们的。”

赵一站起来，整理整理自己的上衣。“那我们就出发吧，我彻底睡醒了。没想到这次这么顺利就能找到线索，我还以为要潜伏好几天呢。”

看着赵一、赵二和邋遢女子走在前面，大只又打量了一下外面的环境，用一种稳健又不慢的步伐跟在后面。他希望这次要面对的东西，和上一次的彻底不一样。

邋遢的女子步伐出奇地快，赵二跟着都有些吃力。

荒凉的流花镇到了晚上，才更像名副其实的鬼城，除了边界有些许黄灯，可能还只是路灯外，中间那一座座建筑物黑暗压顶，沿路倒是出奇地整洁干爽，像是经常被打扫。被谁打扫、打扫之前又是什么模样，让人无法想象。

本来赵二、赵一想掏出手机，用手电筒的功能，但觉得来到此地，手机就是救命工具，不能随便乱用，只好跟着女子，凭借着初月的弱光，快速前进。

大只持续跟在后面，默不作声。

四个人几乎要穿越整个城镇，来到后面的山林之间，路也颠簸了些，但还是被人打扫过，两边甚至还有一个支架是放烛台用的，只是当下没有被点燃，黑黑孤孤地支在一边。邋遢女子的步伐慢了，暗示后面的三个人躲到一片树丛中去。赵一本来想上前询问为什么，被后面的大只摁住了肩膀，表情是，别问，听吩咐就是。三个人蹲坐在里面，这个树丛似乎是专门搭建而成的，外面基本看不见里面的具体情况。邋遢女子还不放心，又捡了一些杂草，铺在上面盖住。装饰满意之后，咕咕了两句，用手势暗示大家不要出来，千万不要出来。然后溜边跑开，往前面暗处走去。四五秒钟，人就完全消失，且听不见多余的噪声。

三个人不再交谈，他们都明白一件事，这个邋遢女子带他们来这里，是一会儿这里就会发生一些事情。这些事情，躲在城边的小楼看不着，直接大剌剌地站在路中间恐怕又有危险。这座简陋但肯定是专门搭好的树棚就是最好的观景台，只要不出声音，就不会被发现。三个人开始调整自己的呼吸，不知道会迎来什么东西。外面依旧是一片安静，连风都收起了步伐，不再作响，直到初月被暗云遮掩，前方视野几乎都融为一片。

还是没有等来什么，赵二的腿有些发酸，想站起来活动活动筋骨，半秒之后，还没等赵一提示，他自己就先坐下来。他没有看到什么，而是闻到了点气味。那个宋丽瓶子里面发出的酸楚的味道，好浓郁，浓郁到有些发臭。更明显的味道来了，这种臭和动物有关，甚至是人发出来的，更像是死人发出来的味道。

赵一、赵二互相瞪大眼睛，再回头看大只，大只面无表情，也是一副第一次闻到这个味道的样子。这次情况和大只之前遇到的彻底不同，大只的推测有些失误，但之前没人询问大只的推测，所以大只只能自己吞下这错误的判断。他觉得听那个邋遢女子的话是对的，三个人暂时不要动，谁都不要动。

路两边的蜡烛被点亮，谁点的、怎么点的，不得而知，反正被点亮了。但是，是那种虚弱的光，仅仅能够让人看到前方四五步的地方。这一路，就算蜡烛全部被点着，也看不清楚什么。味道越来越浓，赵一掐着自己的大腿，想用疼痛来制止自己想吐的冲动，因为只要一吐，动静太大，就会被发现。被谁发现？被沿路来的一行人发现。

说他们是人，倒不如说他们更像大只早前形容的百鬼夜行。

10个人，只能看清10个人，但后面还陆陆续续有人跟着。他们阵容有序，默默向前，没有发出多余的噪声。如果此时此刻，隔壁有一条路，那条路上的人光凭耳朵，是察觉不到这里有一支队伍正在用一种奇怪的节奏往前走。10个人、20个人，你看不清楚后面跟着有多少个人。

说是走，更有点像扭蹭，这群人摇头晃脑，不看旁边。借着莫名其妙被点燃的烛光的反光，赵一、赵二、大只发现他们基本都没有头发，不是剃光的那种光头，而是感觉从开始到现在，就没有毛发这种东西存在，包括眉毛都看不见。是出家人吗？不像。仔细辨认，每个人身上还是现代装，只是夜色掩盖，都是暗色，不仔细辨认，看着统统是漆黑的。

他们嘴里也没有任何嘟噜的声响，只是默默走着。赵一注意到一个特征：这里面没有胖子！赵二也逐渐发现了，越走在后面的人越瘦。现在他能够看见，走着的人已经面无血色，脸皮包骨。味道也是已经浓烈到赵二开始认为没有嗅觉是这个世界上最幸福的事情。

连大只都感到害怕，他不知道后面会跟多少个人，如果三个人被发现，他能够击倒几个，能同时扛起赵一、赵二离开这里吗？

队伍还在继续，但后面的人不再是行走，而是攀爬着，看样子，他们已经瘦到没有力气再往前走一步了。

在赵二眼中，就是一排排骨架在移动。对赵一的刺激是最大的，她的胃都要被揪出来了，那么多可怕的瘦子在她前面“游行”着，这个画面的冲击力让她觉得减肥是今生最大的错误，如果有机会回家，先是大吃一顿，再大睡一觉，不要再让她经历现在这个场面了。

赵一多么希望自己被眼前这个场景吓坏了，晕倒，醒来的时候，等赵二和大只给自己讲清楚来龙去脉，宋丽和任云云也手捧鲜花来看望自己，一切有惊无险。警方破获了一起减肥药传销外加迷信团伙，该团伙纠集多达2万人，长年驻扎各地房地产落魄的鬼城，用神鬼的仪式诱导大家静默漫步，收到瘦身效果，再贩卖人体唾沫，号称神药。该团伙成立已长达5年，目前分部已遍布东南亚。

一切国产惊悚片不都是这么玩的吗？阳光普照在病床上，三个少女爽朗地笑着，哈哈哈哈……大只还边吃着旁边的香蕉，边看上了其中一个女孩。赵二戴上耳机，进入到自己少年孤独的世界……

现实的情况是，赵一还是待在这里，树丛里，等待时间一点一点过去。外面的队伍还没有结束，应该已经走了半个小时了吧，怎么还是连绵不绝。

你明知道眼前的剧情再不可思议也会过去，但时间感受会被拉到一个无限。赵一甚至用舌头在数自己的牙齿，不是无聊，而是在转移自己的注意力。这种等待让她绝望，她内心想放弃，放弃追究减肥药的秘方，放弃追查宋丽的下落，放弃来到这个号称是流花镇，其实是座鬼城的地方。她不要知道答案，她不是观众，她是主角，她被困在这里了。还连累了自己的弟弟和弟弟的好友。

为什么还不晕倒呢？身体有时是听话的，赵一的身子靠在了大只身上。大家还是默契地不发出任何声响。赵一正准备闭眼，哪怕神智再清醒，她也不想继续看眼前了。但小腿被赵二捏了一下，提示她看一眼。

是的，队伍里面有一个人，是宋丽。这副模样的宋丽，精神涣散，比上一次更加瘦弱，也是一副接近皮包骨的容貌，走路是拖着的，且捂着自己的肚子，但旁边没有人搀扶她。上面还流出一些液体，白色的液体，是从胃里面翻滚出来的白色液体。

要不要追出去？这么多人，已经走过几千个人了吧，每个人撒一把土，都能把这3个人埋起来。赵一盯着宋丽的脸，这种注视似乎是有力量的，宋丽朝树丛望了过来，她感受到了赵一的眼神。宋丽继续往前走，脸一直朝着树丛，又极力让自己的这个动作不要太大。宋丽的身子是向前的，头是90度朝着树丛的。她知道树丛里面的是赵一。

她摇摇头，让赵一不要过来，头缓缓地转了回去，继续跟着队伍往前走。这个队伍还没有结束，仿佛要穿越整个黑夜，才让这个小镇重新回到没有人烟的状态。

赵一准备彻底放弃减肥这件事了。她看着一直在盯着自己的大只，说了句：“带我回去吧。”

大只像是等了很久，点点头。一旁的赵二竟然已经不见踪迹。

同时，赵一还准备放弃另外一件事情，那就是回忆起一些东西，回忆起她刚刚看到的人并不是宋丽。

因为宋丽已经被赵一自己给杀死了！赵一另外一个身份回忆被唤醒。第一次见面，真实的宋丽减肥成功，赵一索要减肥秘方不成的时候，就杀死了她。在一个陋巷里，宋丽的尸体是被她推下楼的。也就没有所谓的第二次见面。那个白色瓶子是赵一随便在药妆店买的一个空瓶子，灌入自己的呕吐物，冒充是减肥药。她在宋丽失踪后的家里突然反胃，在洗手间里不断呕吐，这也是为什么宋丽家里会出现酸臭的味道。

赵一和大只两人回到面包车旁，并没有警察前来逮捕。大只觉得自己一个人就能将赵一带回警局，甚至连手铐都没有铐上，并用步话机通知山上的人就地解散。

一场一万个人只演给一个人看的好戏，结束了。

“我想见见我弟弟。”赵一提出她觉得是她自己最后的一个要求。

“赵小姐，你还觉得你弟弟是真实存在的吗？”大只启动面包车的时候，说了这么一句。

这是一场反催眠的行动，大只让赵一在脑海中虚构的角色弟弟赵二帮助自己，潜伏在她身边，完成了这次让赵一“顿悟”的行动，最终坦诚自己的罪行。

其实，为了瘦，赵一直到最后都觉得什么都值得去冒险。哪怕被逮捕了，也很难说后悔。

赵一在车上对一脸严肃的大只笑了一下，问：“警察同志，你想过要减肥吗？”

拉黑

有一款手机，
安装了世上最强的拉黑功能，
被拉黑的人整个人生都会被抹去。

让一个人消失得最快的方法就是拉黑他。

手机上拉黑一个人，他就真的好像在你的世界中消失了吗?

看不到他的下落，即使有共同的朋友，也会屏蔽掉关键词，他更不会主动上门来找你。

更好玩的是，这一款新手机，把拉黑人的效果做成了碎纸机一样的动画。一个通讯录上写着“中介”两个字的人被拉黑了，屏幕除了“碎掉”整张照片，还从上方“流下一摊血”。你看，只要一按这个按钮，还有滋滋滋的音效呢!

一段演示广告，既不像iPhone那样简洁大气，也不像一般国产手机广告那么炫金奢华，里面还露出一丝恐怖的气质。一般人肯定就关掉，不放在心上。谁会想要这么一款瘆得慌的手机啊?

偏偏就有人买了，网站页面上显示售出了一部。

第二天就到货了。买这部手机的目的，是想消灭某个人吗？哪怕只是虚拟的，但是看着“敌人”的照片碎掉，也是很爽啊。

“为什么不直接开发一个APP，这个功能软件就能实现啊。”

页面上评论栏有人这么评论道。

下面有一行小字的回复说：“你买了就知道里面的好处。它真不是虚拟演示这么简单，它真的会让人人间蒸发。”

那行字出奇小，小到好像店主是故意的，或者说是网站故意的，不想让这个好评被更多的人看见。

杨光手里摆弄着新买来的手机，对着自己的女友郑晓梅比画着演示起来。那部手机不是苹果，也不是三星黑黑的、方方正正的，好不出奇的安卓机。

“除了iPhone，我一律不感兴趣，你自己玩吧。”女朋友头也不抬，扔下这一句话。

“就是在下载网站上看到的手机广告，说是黑名单功能有史以来全球最强大。我前几天不是老被房产中介骚扰吗，看看这个管用不管用，而且可以试用30天无理由退货，你说爽不爽。”杨光边说边把手机卡插进去，启动，手机画面很简单，就是中间有个APP的按钮，三个提示的字“黑名单”。

“哟，你看，这个黑名单还单独成一个APP了呢。”杨光边说边点击开来，屏幕显示自动导入通讯录，很快显示导入完毕。

“无所谓。”女朋友懒洋洋地回答，自己捧着手机玩消消乐。

“你们女人就是对电子产品没有爱。”

杨光没好气地去上厕所。越想越堵得慌，这个女人，整天说我乱花钱，这个是试用版的，可以退款的，这都要怪我。我也就是一个简简单单的科技爱好者，又没买外星人电脑（一种极其昂贵的笔记本电脑型号）。看我不把你黑名单了，看你还烦不烦我。

屏幕界面弹出一个问句：是否黑名单？然后是一张女友的身份证照片。杨光泄愤一般，点了“是”。他心里觉得有些古怪，自己的通讯录上女友的照片明明是一张45度的自拍美颜照啊，谁把身份证照片放上去了？这是一部新手机，通讯录都是云端拉下来的，但头脑一热，那种气愤的心情压住了丝丝怀疑之心。

屏幕界面又弹出一个警告：是否删除对方同时拉入黑名单？杨光飙出一句脏话：“他妈的，拉的就是你这个臭娘们儿！”

这样做像真的很管用一般，外面本来是郑晓梅气哄哄打扫房间的声音，在按下按钮之后，也安静了下来，这种安静的变化让杨光的耳膜都有些不习惯，类似使用降噪耳机，突然启动了按钮。

杨光坐在马桶上发了一会儿呆，从未感觉这么自在。

新手机方方正正、黑黑沉沉的，连标志都看不出来，试用的也是最普通的安卓系统，做这么多花里胡哨的动效干什么呢？还是一个噱头吧，什么黑名单，难道真的让这个人在这个世界上消失啊！

杨光呵呵呵傻笑了一会儿。外面没有人走动的声音。看见有人来电话，是老妈打来的。

他不耐烦地选择了接听：“好了，好了，我现在正在事业上升阶段，不忙找女朋友了。妈，你不要再催了。”

杨光边冲马桶，边接电话，擦完屁股走出厕所。看到自己住的这间房，也太单身汉了，半年没来过女人的样子，拉开窗帘透透气，接着听老妈唠叨。

他拿下电话，觉得自己似乎是有过一个女朋友，叫郑晓梅，但现在看起来好像这个女朋友是自己幻想出来的，因为房间里面找不到一点两个人居住过的痕迹。有些雾状的回忆，正要走进去抓实，又被电话里面妈妈的嗓音给冲散了。

“好了，好了，我明天就去见你介绍的小陈，这下你老人家放心了，不要再打电话来催我了。对了，不要在我的朋友圈底下留言了，那些话不是对您老人家说的。对对对，你就安心在家等着我直接给你抱个孙子回去得了。”

一个人住也是有点寂寞，但还是不希望有人打扰，老妈这两天电话催得有些过分，还要控诉自己被老爸忽略的生活。

看着这部方方正正、黑黑沉沉的手机，杨光想要不要把老妈拉入黑名单啊，暂时清静个两三天就好。

手机屏幕亮了，询问是否拉入黑名单。屏幕上面显示的是妈妈的身份证照片。杨光有些迟疑，这手机怎么会有这么多人的身份证信息啊？但杨光的手像是被牵引一样，几个下一步、下一步、下一步，就把拉黑过程给完成了。

杨光最后脑子里有了一个逻辑，如果黑名单手机让人在人间消失的功能存在，我把我妈给弄没了，根据蝴蝶效应的理论，也就是说这个世界上就没有我的存在了。

这个念头，和刚刚觉得自己有女朋友的那种思绪一样，慢慢地变成一团雾，雾散开了，也就空空如也了。

这个夜晚，尤其安静。

这间屋子，显得很久没有人来住过。

尾声

房间门口，一只老猫盯着门口看了半天，一脸疑惑地走了。昨天来这里还有牛奶的啊。墙上的A4纸由于贴得不牢靠，被风吹了下来。

这间公寓正在招租，房东带着租客来这里介绍："这么好的地段，这么好的房子，你们赶紧租下来。你看，我刚装修过的墙，新崭崭的，没人糟蹋过，要你这么多钱真不贵。"

房客问："这么好的房子，很多人抢吧？"

房东歪着头："你说奇怪吗，我昨天还觉得这房子已经租出去半年了，一觉醒来，老婆摇着我，说要带你们来看。我才反应过来，这房啊，一直就空着。"

"哎，你家的阳台上怎么有一部手机，不是iPhone啊，真有点沉。咦，这不是网页上说的那部世界上黑名单功能最强大的手机吗？"

"是吗？我看看。"房东拿起来，不知是谁遗落的，但一听说有强大的黑名单功能，就来了兴趣。他最近老被中介骚扰，准备删掉一些人，让他们消失在自己的世界中。

"我们把人拉黑了，那个人，是不是，就可以当他从来不存在呢？"

天王

经纪公司推出一个偶像天王，
但你发现他其实不是一个人。

我确定我在健身房见到的就是工烈。

就是那个明星王烈，但是我知道我说出去，会被大家呵呵笑过，因为这就是两个人啊。

我能够认出来，主要还是因为我有一个看人脖子的习惯，他们的脖纹走向是一样的。

世界上有脖纹一模一样的人吗?

脖纹这种东西，也只是无聊如我，在浴缸里面硬拼出来的词吧。

健身房这个人，整日穿着黑色帽衫，不知道一直是黑色那件，还是同一款式买了很多件。

里面是空的，隐约看出有胸肌、腹肌，就这个健身房的标准而言，不是很有效果。大家都挺追求大胸部的，有几个男的，都可以和柳岩比胸围了，他们还不知足，每天在房间里面吱哇乱叫，吸引眼球。

健身房这个人，沉默不语，也不会与旁边的人交流心得，遇到人多的时候，他就跑到边边角角里自己做拉伸。没有同行者，想要和他打个招呼，眼神都对不到。好几次，你都察觉不到他曾来过。

健身房这个人，看到他的脖纹，都是极为凑巧的事情。更衣室，他脱下外套，只是脱下外套，迅速拿着换洗衣物就走了。也就是说，他几乎不在这个健身房洗澡。如果不是家住附近，我是忍受不了顶着一身跑步之后的臭汗在外面行走的。

有一次，看到过道很多人擦肩而过，他闪躲极为有节奏，像走直线一样，几秒之内，就从这头走到了那头。

明星王烈，介于小鲜肉和大叔之间，说迷恋他的少女有万千，那只是一个零头。刚红的时候，名字听上去，给人感觉是70年代武打明星，和狄龙、姜大卫是一种类型的。但现在，叫这样名字的人，又红红火火起来。

明星王烈，演过几部偶像古装电影，大致也是那种对女主角痴情不已但绝对有礼有节的人。和一般禁欲系男星不一样的是，很多人在公共场所都宣称想要把他弄上床，好好品尝人间美事，是一个让人食欲大开的符号。偏偏很少有人跳出来指责他下流，主要是他一直没露下三路的部分。

明星王烈，还有韩国经历，这样劲歌热舞还有潮流打扮就变成理所当然的事情。世界上大城市的机场，成为他的T台秀场，每次出现，粉丝拍到的影像，都能直接用作时尚大刊的封面。有一期时尚杂志还真这样采用过，销量还破了纪录。

明星王烈一出道就说自己有女朋友，没想到这样的言行居然让他红上加红。如果和哪一个女星走得太近，简直就是狗仔跟踪偷拍的最好题材。问题是，不少娱乐杂志记者号称跟了几年，一无所获。在这个人人都有手机、随时偷拍、艺人自己都巴不得抖搂私生活的年代，王烈，还真有点20世纪70年代的大明星的神秘感。

看过王烈在电视上的演唱会，熟练的舞姿和投入的表情自然是镜头重点展现的部分。

他转过头的时候，我记住了他脖子的样子，包括左转、右转产生的纹路。

这是我的一个癖好，从一个人的脖子可以比从他的脸上读到更多的信息。脸上打扮过、整容过、粉饰过，猜出的部分，都是他希望让你看到的部分，而很多化妆都是到脖子左右就停止了，所以也有看一个女人的年龄，其实可以观察她的脖子这种理论。更进一步，我几乎可以从一个人的脖子看到他的过去、现在和将来。

这么说有点夸张了，反正自从有这个习惯以来，脑子里面自然积累了一些数据。

什么样脖子的人有什么样的性格，也是归纳出一套理论。再说，低头看人脖子，不会被认为太冒犯。

长久以来，我看脖识人，也是尝到了其中一些好处。

那天看一部电影，如果你通过一个人身上的细节去认识他，那么你可能是爱上了他。

这句话一般人听上去还会挺感动的，但如果是一个法医或者外科医生，他们每天都会爱上很多人，不到一周就会累死。

我对这个健身者没兴趣，对王烈也没兴趣，但人性八卦，他们就想知道是不是；就想知道隔壁的男同事是不是GAY；就想知道肥皂剧里男主角和女主角有没有在一起；就想知道包大人是不是早就知道罪犯是谁；就想知道柯南这次知道的真相到底是什么……

你只要给个答案，也不必管这个答案有多荒谬，只需要气势磅礴和义正词严，一本正经地胡说八道，也会有人若有所思地点点头，然后就忙自己的生活去了。就是要个答案，哪怕这个答案是错的。

我就是想知道这个健身的人是不是王烈，看起来只有当面问了。

“不好意思，请问，您是王烈吗？”

“我是王烈。”

答得太快了吧！这个时候，不是应该跑过来几个助理把我轰下去吗？即便对方是一个普通人，遇到另一个普通人，也会对这个问题感觉到突兀吧？

只有一个答案，他等别人来问这个问题，已经很久了。

“对，我是王烈，就是你在电视剧、电影里面看到的王烈。”

妈呀，王烈还没有等我提出第二个问题，就主动送上来答案，这跟你打开一首MP3，屏幕上就自动浮出专辑封面一样体贴啊！只是我还没有想好第三个问题问什么。

“你会觉得我们的脸不一样，是不是？”

我剩下的时间，是不是只要安静坐下来，等他把所有谜题都解决掉就够了？

如果有一个细节被证实，其他的答案就变得理所当然以及显而易见。

古装剧里面有个乞丐对王子掏出一块玉佩，说“我是你爸爸”，王子拿出腰间的一块一模一样的，然后王子就相信了，觉得自己20年认贼作父享尽人间欢乐，真是十恶不赦。

要知道，这种玉佩在古代也可能是爆款，卖到满大街都是啊。王子不管，他相信，这一切就是真的。

“我注意到你注意我也有段时间了，没什么人会盯着别人的脖子看那么久，这样太像个变态了。”

王烈的声音和电视上一模一样。看见这个人在健身房几乎没有说过话，没有朋友，也没有和服务员寒暄，第一次冒出声音，还是这种环绕效果。我有点想把现在的状态分享到网上去。我嘴巴上还是想否认。

“是吗？我以为我不动声色呢。”

“普通人很少观察到自己不照镜子时候的表情，心里想的全会浮现在脸上。”

“有那么像变态吗？”

“但有人这么观察私底下的我，我还是挺欣慰的。在这个健身房3年了，没有人注意到我是王烈，当然，那是因为脸太不一样了。”

我和王烈走出健身房，在旁边的咖啡馆的一个角落里面坐下。我一股要知道全世界大秘密的兴奋劲儿，连上来点餐的服务员都一脸嫌弃地觉得我打扰环境。王烈也没有劝我低调，他就点了一杯白水，用那个熟悉的有共鸣的声音。服务员没有觉得有什么不同，顶多觉得好听。

因为王烈的脸和面前这个人的脸实在是太不一样了。

如果只是靠脸来识别的话，这个世界上没有人会和我有一样的判断。

王烈喝完一口水之后，终于说了他心中第一个疑问：“你是怎么看出来的？”

听我说了脖子理论之后，王烈象征性摸了一下自己脖子。看样子下一次化妆，不，下一次易容，连脖子的部分都要考虑进去了。

请允许我说出“易容”两个字，这两个字通常在武侠小说以及好莱坞电影《碟中谍》里面换头套的时候才会被用到。

“你是第一次被陌生人认出来吗？”我有些骄傲地问道。

“算是，而且是从那么一个奇怪的地方。”

“你素颜怎么会是这样？”我的问题越来越大胆了，我不怕闹翻，反正我们也不是朋友。

王烈不打算直接回答我的问题，而是掏出手机，给我看一段视频。

说是视频，其实是视频直播，我看到手机页面上的提示，是一部电影上映前的发布会，主持人五迷三道地介绍着，然后有请嘉宾：“王烈！王烈！王烈！”

“这不是直播吗？你怎么还在我面前？”

王烈嘴里发出一种维持了3秒以上的呜呜的声音，他在思考要用怎么一句话来解释我眼里看到的一切。

要么，他不是王烈，他只是脖子和王烈一样，声音和王烈一样，他刚才是在耍我，真正的王烈正在参加电影发布会；要么，他会分身术。

分身术？好笑，我都不知道怎么去解释分身术，却会有这三个字跑出来。

“我想你一定有一个合理的解释，来告诉我这件事情是为什么。”其实好怕王烈给我卖关子。

“我是王烈。”

“我知道，那他呢？”我指着屏幕上那个人。

“他也是王烈。”

“你们是孪生兄弟？”

“不是。你知道现在明星公司是什么样的吗？”

“不就是那样吗？”我当然说不出明星公司到底是怎么样的。

“你一定不记得，甚至你不会察觉，6年前IGX和一个生物科技公司合并了。”

我双手一摊，一副我当然不知道的样子。

“第二年，我们就出道了。”

“为什么要动用到‘们’？”

“我们都是王烈，这个世界上一共诞生了12个王烈，有人负责舞蹈，有人负责演戏，有人负责接受采访，有人接受富豪们的邀请，满足他们的欲望。”

“你们是人造人，克隆人吗？”我的联想又被拉到《七龙珠》那一块去了。

“不是，我们12个只是身材一样，经过一年训练，大家的腹肌胸肌和线条都被塑造得一模一样。你看过大阅兵吧，我们就是那种训练方式。”

“然后你们整成那个样子？”

“并不是，现在这个样子像整的吗？”

说到这里，我才认真去端详这张脸，和王烈真的是两个长相，真要整的话，那是大工程。

“那怎么变成王烈的？”

“简单来说，是种3D打印技术。”

“做个脸膜？”

“简单来说，可以这样理解。”

“那不还是《碟中谍》。”汤姆·克鲁斯，每一部《碟中谍》系列里面都要玩的老梗。

“但这一套运用到现实中，就可以是一个庞大的明星产业了。”王烈喝了一口水。

“你的意思是说，我们现在看到的偶像，都是背后有几十个人一起去扮演的。”

“只有这样，才能保持一个偶像该有的寿命和体力，延长他的生命值。”

“你这样说，好像在讲一个产品。”

“偶像本来就是产品啊。”

“我是通过脖子认出你的，其他人的脖子肯定和你不一样。”

“我因为舞蹈不错，所以音乐跳舞MV的部分我承包了，如果你盯着王烈的电影，就会看到不一样的脖子。”

“幸好，我没怎么关注电影，否则会混乱的，就谈不上认出你来了。”

“那你们以后怎么办？就一辈子去扮演王烈，和十几个人一起？会有人被淘汰吗？”

“公司的势力已经庞大到没有人敢和它对抗了，也有人离开，下场几乎都是失踪。所以私底下的我们只能这么低调地活着。公司会有一个部门，专门控制每个明星备胎的时间线，他在哪儿干什么、说了什么、打算干什么，都是在一大盘棋里面。”

“那我们现在的聊天是被监控了？”我用手抓紧了裤腿。

“不会，你看——”王烈——我现在还是只能叫他王烈——撩开衣服，下胸的位置贴了一个金属贴，“我用这种方式干扰了总部的定位，他们会以为我还在洗澡。”

“总部，听上去我们像是被外星人给渗透了一样。”我呵呵干笑了两声。

“你还以为我们这个地球没有外星人吗？”王烈垮着脸，暗暗地说道。

“好吧，信息量太大，我一下没能好好理解消化。如果我把你说的和外人讲起来，会被认为是神经病的。现在我还有一个问题，就是你为什么要告诉我这些。”

王烈拿起那杯水，没有喝，但看得出来是在用劲。他认真地回答了这个问题，表情沉重得看不到一丝抖动：“我从第一天，正式当上王烈开始，就已经准备好了，如果有人，哪怕他是个最普通的、手无缚鸡之力的人，小孩也好，女人也好，认出我就是王烈，我就准备离开了。”

“离开，不再做王烈吗？”

“是的。”王烈突然用手把下胸的金属片一扯，有金属丝一样的东西从体内拉了出来，胸口的血渗透出了一大片。

偶尔起伏的尖叫声，接着是报警声，不像是电影里面见到的乱作一团，更远一点的路人甚至不知道发生了什么，120急救车也来了，以非常快的速度运走了看上去已经昏厥的王烈。

我被拉到派出所录了口供，一个年轻警察听我讲述了以上的对话，一脸不可思议以及像遇到神经病一样的表情。然后他接听了一个电话，从座机打来的。接完之后，就说凶杀的嫌疑已经没有了，但会有精神科的医生过来做诊断。希望我最好不要重新陈述刚刚的所见所闻，他刚才的笔录也会被清理销毁。

在这样一个幽闭的环境，再不合理的要求我都要答应啊。何况这名新警察还是用商量的口吻在和我对话。王烈曾经说过，“公司”势力很庞大。

精神科的医生还是来了，并没有像我推测的带我去精神病院关起来。接下来的时间，我就是要证实我不是神经病，我只是被打了一针。

也不是什么失忆针，等我醒来的时候，已经在自家床上。

再看手机上的时间，日期被拨回到了昨天，手机新闻客户端还弹出一则新闻，说是天王王烈决定退出歌坛，专心从事演艺工作。

我们似乎再也看不到那个会跳舞的王烈了。

健身房，那个穿着帽衫的低调的人，也像从来没有来过。和大多数已经缴了会费，却从来不会出现的会员一样，他们真实存在着，却从来不打算让我们看见他们真正的脸。

我并没有失忆，我也不觉得那次和王烈的交流是一场梦，我一直记得中间王烈对我的一句反问。

他说："你还以为我们这个地球没有外星人吗？"

也可能我真的是个神经病。

以上的情节都是我自己臆想出来的？

我没有办法真正说服自己的是，我有随身把聊天内容悄悄记下录音的习惯，所以之前那段和王烈的对话被我偷偷录了下来，发给了我的一个很少用到的邮箱。在去警局之前，我又把手机上的录音给删除了，所以这一段录音应该只有我知道。事后，我又单独下载了这段录音，放到一个不能上网的MP3里面，每天反复听着，为的不是要寻找失踪的王烈，而是满足最简单的需求：证明那些事情是真的，而并非我虚构出来的。

但是，但是，有没有一种可能，这段录音是我的另外一个人格写好了剧本，让一个配音演员录好的，然后在脑子里面虚构这段记忆的呢？

有一天，我这么想着，并求助了一个业余学习心理的同学。他研究的方向是多重人格，他在听完录音之后，也无法给出有效的答案。他哇啦哇啦说了一大堆术语，最后还是建议我去见一见明星王烈，哪怕他已经不是我在健身房遇到的那一位，只要我摆出这套理论，如果对方有呼应，就证明这事很诡异，而并非我的脑子有问题。

再见王烈不容易，我已经不可能在健身房再遇见他。而王烈也宣布，他已经退出歌坛，想通过歌迷见面会的方式，机会也很少，只能通过探班的方式。

看消息，他最近在横店拍一部古装片。通过娱记朋友弄了一次采访通告，下个礼拜就出发。

我真不是为了破案，而是为了说服自己。如果此时此刻我就收手，可能还会过着日复一日的小生活。

这几天，也没什么人来找过我，甚至我偷偷路过那天盘问我的警局，观察了一下，也不见那天那位小警察的身影。按照道理来讲，既然小警察都“失踪”了，他们更不会放过我才对。这个“他们”是IGX公司，还是更邪恶的组织？我都想不透。

现在去横店比想象中方便。那里一开始的定位本来就是一个旅游景点，剧组和游客共同存在，这几年，古装片式微，民国街倒是多了几条。我到了以后，跟着一名记者，冒充他的助理。

横店。

一步十景，回首战国，抬头清，转身又是三国秦。

你也不用背诵什么《二十五史》，跟着大队伍走，就能溜达出一片演员。如果按照之前王烈的说法，批量生产的演员应该更不值钱。但他们应该还是属于少数状况，社会上这种产业工人还没有浮出水面。

我跟着的这个娱乐记者，还是把王烈看作一个艺人。

一个艺人。

我跟着小面包车到了一个景区，外面已经攒聚了一群“烈粉”。网上，王烈把这帮人叫作“列祖列宗”，他们也还欣然接受了。

说来也对，也只有列祖列宗，才能有那么宽的心，又放任又追随着自己的偶像，千对万对都是我家的烈烈对。包括在娱乐圈的配对人（男女各一位），也要粉丝团官方认证才能获得认同。

因为记者带队，我见到王烈，比想象中要容易。

王烈穿着戏服，身边有助理，刚刚拍完一场大戏，脸上的妆花掉了。之后可能没戏了，化妆师没有上前补粉。王烈一脸放松，松到有些垮掉。我恍然间看见他的脸似乎是一副纸壳，轻轻一揭就会脱落，一秒变成另外一个人。想到这里，我的右手都忍不住伸到空气里面抓了一把。

等我收回右手的时候，才听到记者和王烈已经攀谈起来，因为不是摄像采访，两人的对话就更加家常一点，都没有涉猎娱乐圈的各种八卦，反而对天气和在横店要用什么牌子的防蚊液大谈特谈。我站在旁边，身上的背包都没有卸下，剧组人来人往，不知不觉间，我就被推到一个角落里，距离王烈又远了一点。

王烈看出我的尴尬，和记者对视了一眼，嘟囔了一句，应该是问我的状况。记者也抬头看着我，因为和我也不熟，不知怎么介绍我的身份。我张口自己介绍了一下说："我是他助理，这两天才报到的。"记者见我自报了身份，也不再补充，转头继续面朝王烈。这是一个专访，可以闲聊很久。王烈也不再看我，把我视为此地杂乱风景的一部分，再有什么动静，也无法引起他的注意。我镇定了一下心神，觉得好好观察一下，再判断，要怎么和面前这个王烈聊上。

目前看起来，很难插话，于是我开始有点分心，眼睛注意到一些细节。我记得，那个我在健身房认识的王烈告诉我，他们有一套定制的化妆术，保证每个人都长得像，不出错。我就盯住眼前这个王烈，看他耳边是不是有脸皮的痕迹。很多古装片男人都要戴头套，多多少少都能够看到胶水的痕迹。我在看他的脸，是不是也存在些破绽呢？刚刚下戏的王烈，除了大汗淋漓和稍微花了一点的妆容，我真是看不出什么。

电视剧、电影上演的，只要到了这个时候，主人公一闭气、一用力，就会有很多三维动画跑出来，以往的线索纷纷连线，组成一个真相，角色抬头一喊：我知道了！

现在并没有，我只是假装很认真地在看。这种认真吸引到了王烈，他小声和记者打听我的来历。我听不真切具体他在说什么，但他的眼神聚焦在我的身上，让我心里紧张，并且开始构思要和他说点什么。

说我已经和他的其中一个分身，那个会跳舞的王烈交流过了？

说我可能知道他们好几个人去扮演王烈，这样可以延长“明星”的生命生涯？

说我亲眼看到那个王烈撕开了自己的金属片，从此人间蒸发，我想知道他在哪儿？

最后我说出口的是这句话：“请问，您是第几代王烈？”

得到的反应是20秒的安静，实在是太突兀的一个问题。我都不确定这组“明星”到底有没有更新换代的概念。

记者朋友不知怎么接下茬，大家对这种情况惯用的处理方式就是假装没听见，我在这个地方太像一个打岔的小人物。尴尬的20秒之后，每个人就各顾各地继续搬运道具、闲聊、看剧本。也没人站出来赶我离开，视一切为空气。很多人心里盘算的是赶戏的进度和不要添乱。记者也转过头，坏笑着谈最近和王烈闹绯闻的几个女演员的故事。

我心里清楚眼前这个王烈对我这个问题是听进去了。他的眼睛开始失焦，我甚至在恍惚中能够听到他脸盘上的咔嚓脱落的声音。被剥落的脸皮底下，还是一张脸，一张重新生成的脸，闭着眼睛，等待启动。

这当然是我的幻觉，但我的那一句话就是一把进入密室的钥匙，咔嚓一声，将为我打开之前在我面前撕裂胸口的王烈企图为我打开的大门。

里面的世界是满布荆棘还是异彩纷呈，我根本没有力气去分辨。这个时候的我，已经无法躲避，即便我不再去寻找真相，迟早也会被别人找到。

那个时候，可能就是被逼入死胡同的时候，只剩被动挨打，跪地求饶，跪舔自贱，但也很难挽回什么。

所以我也没有那么崇高无敌，去追求真相，内心只是在找一种确定，确定自己和这件事情关系不大，是个看热闹的，一个路人、一个送外卖的，能够全身而退。确定好这个，说不定就会逃得远远的，再也不提这事。别人问起，也就当是做了场春梦，醒来后，着急的是赶紧上个厕所，出门买个灌饼，关心地铁人多不多，兜里钱够不够，雾霾猛不猛，关注着老百姓正在关心的热点新闻。虽然关心了，也改变不了什么。

我一个人溜达到了门口，故意走得很慢，留下一个蠕动的身影，给王烈一个信号。他会找上来吧？和我说些什么，还是会告诉别人，告诉公司，找人把我解决掉？

我怎么就这么只身前往呢？

我就在门口刷着手机。这几天，惊奇地发现自己有了一个“特异功能”：能控制时间。如果我觉得这一段时间实在太慢，只要心思集中，手表上的分针就会加快速度，以前要耗掉几个小时的虚无时间，现在只需要不到5分钟就可以度过。

刚刚发现这个能力的时候，还以为是自己的感知错了，试了几次之后，确实管用。但调快的时间又追不回来，也存不下来，这让我也非常谨慎地使用着。

这一次，估计铁定在门口等待的时间真的绵长无聊，就下意识地调快了。

一直到看见王烈走出大门，身穿灰色的棒球衫，头上戴着棒球衫自带的帽子，想隐藏住自己，也想找到目标。

目标就是我。

我和他错身而过，两人都没有打过照面，一前一后地朝角落走去。

王烈的步伐超过了我，从前面扔过来一句话：“上我的车。”那句话很像是从另外一个声道发出来的，只有我能听见，听得真真切切。

上车之后，我们彼此对视了几秒，在观察对方。

他完全不知道我，我对这个王烈几乎也是一无所知。但话说回来，我对之前的王烈又知道多少？一次长聊都算不上，且我也不能保证那个王烈所说的百分之百都是实情。

因为那件事之后，一切都没有太大发展。

给人的感觉就是，一部惊心动魄的美剧戛然而止，不再更新，接替的是一部耳熟能详的婆妈剧。你在婆妈剧面前，连一个普通观众都算不上，你只是让眼前的一切就这么发生着，稍微想出格，说出点心里所想，不是石头沉入湖面，就是拳头打击铁墙，毫无反应。就是这种淹没你不一样的声音的状况，才让心底生出绝望，不知如何是好。

这个世界上，所有的惊奇都被埋在漫长的岁月里面，都会显得波澜不惊。虽然我们可能会被它影响一生，但转身面对平凡琐碎的生活时，一种叠加的尴尬就会袭来。你仿佛置身于平常之中，就能假装忘记之前的种种不同寻常。曾经有人做过实验，安排庞然大物在街上行走，除了有人拿出手机拍照外，大部分都选择匆匆路过，先忙着自己的事。后来采访那些不关心的人，得到的回答就是：以为是嘉年华的大宠物或者某公司在搞行为艺术，看两眼就能走了，不必尖叫和停留，又没有爆炸与伤人。大家对于神奇现象的态度远比想象的冷漠，第一是觉得和自己无关，第二是希望它千万别耽误自己。

我和王烈坐在保姆车里，我们安静地对视，双方都在考虑怎么开口。显然眼前的这个王烈知道我知道他的一些事情，至于知道多少，心里没底。而我除了那次和健身房版的王烈进行过一次短谈后，所获知的信息也不足以让我可以hold住全场，所以开场第一句很重要。

“现在到底还有多少个王烈？”我问了一个和刚才引起王烈注意的差不多的问题。

如果两个问题都有明确答案，我将掌握很多，显得主动些。但问到这里，我竟然没有想过自己的安危，就这么只身前往，单独和别人相处在保姆车里，显得莽撞了些。再怎么说，这里都算别人的地盘，他的剧组，他的公司，他周围有多少人帮他守护这个说出来也很难有人相信的秘密。把我灭口，是一件太自然不过的选择，不想闹出人命的话，弄瞎弄哑我，也是分分钟可以做的事情。

目前状况对我而言，显得过于安静和安全，安静到我不知道是不是应该再进一步，多问点什么。

这种欲望和赌钱时赢钱差不多，你有了很多钱，但你不知道是不是有可能赢得更多，你预估自己将会一直赢下去，你不知道哪一步会错，你也不清楚，只要错一次，之前赢的和全部身家都会赔进去，指不定还会搭上一只手和一条腿。

我不算娱乐圈人士，也不是江湖人士，更不是未来战士，所有规矩都不懂，就是好奇心把我逼到了今天。天王王烈刚刚演完戏，我们两人单独在保姆车里面，面面相觑，寻找更好的开场方式。

王烈的表情很难读懂，以至于我开始相信他的脸其实就是一副面具，面具底下有另外一副面孔，他会像汤姆·克鲁斯那样扯掉自己的头套，给我吓一跳。我甚至都在等这个场景，我心里已经开始默默哼起《不可能的任务》的主题音乐。

王烈肩膀上下摇了一下，轻微叹了一口气，说：“现在，只有一个王烈了。”

“什么意思？”

“公司确实给我配了几个替身，他们曾经是我出道前一起训练的兄弟，后来我出头了，公司利用自己研发的科研方式，把他们的脸化妆成和我一样的脸，用几个人的体力来运作一位天王，这在成本上是允许的。”

“嗯，和我听到的版本不太一样，但你的听起来比较合理些。”其实我也无法复述之前我听到的版本到底是什么样，但我不好当面反驳面前的人说的一切，这是多年来当老好人养成的坏习惯。

“那天你遇见的那位，实际是我当年宿舍的大哥阿正，自己的脸长得太普通，所以出道无望。被公司改造成‘我’之后，刚开始一年还挺投入，甚至主动要求让王烈往舞蹈界发展，自己研发了不少舞步，逐渐地，他就主要负责唱歌跳舞的王烈了。”

“这不是很好吗？”我知道我这句话问完之后，事情就会出现转机。

“后来他好像脚受伤了，不能再跳舞了，公司让他休息一段时间。那个时候，他逐渐有了幻觉，还悄悄告诉我，公司如何邪恶，生产出了几十个备胎王烈，随时随地准备换掉我们。接下来，也是生产了一堆人造人军团，来完全占领娱乐圈。”

“不是这样吗？”

“其实也就是研发了复印化妆术，让两个身形差不多的人可以冒充一个人而已，没有你听到的那么科幻。”

“那么他身体里面的金属片是怎么回事？”

“自己安装上去的。”

“那为什么我在警察局录口供的时候，那个警察就抹掉了我所有的话，接着就当我目睹的事件完全不存在一样？”

“真相是，那个警察是我发小，他从看到你的第一眼开始，就决定帮我把这件事瞒住，让你以为自己在做梦，或者找个方法提醒你，之前都是自己幻想出来的。”

真相是什么？我能够完全相信眼前这个人吗？我甚至也没有完全相信之前我听到的那套版本，虽然更刺激，更让人有迈向新世界的感觉，更像一个《黑客帝国》的开场，我选择吃下接受真相的那颗药丸，醒来之后，残酷又另类，我也将接受新的任务，和突然冒出的战友们一起去为破坏邪恶帝国的阴谋而战斗。

而现在，他这么冷静地告诉我，大部分事实是一个总是喜欢臆想的神经病在糊弄我，这让我情何以堪？

人们愤怒，有时候不是因为真的很生气，而是，如果不生气就会显得自己很蠢。人们也不知道，愤怒，同样会显得很蠢。但是，打、砸、抢，一通发泄之后，会冲淡让自己显得很蠢的那种感觉。所以人们一旦被揭穿，也就是要发脾气的时候了。

我谈不上被揭穿，我只是被提醒了一下，眼前这个王烈给我的说法更合情合理，无伤大雅。

不用去破坏什么，各回各家，各自继续周而复始的生活。

我也没有追问下去的力气了。

看着王烈张张合合的嘴，大致也搞懂了，他是本尊，而公司给他找了几个替身。

“我要回家。”

我竟然听完这些之后，也不打算继续探寻真相了。

王烈点点头，同意我的决定，然后低头，又一个猛抬头，出现另外一种我没有见过的眼神，嘴巴里面冒出来的字眼，让我把身体贴在了车门口。

“你不觉得，我们身形很像吗？”

“没注意到，你想干什么？”

“如果你想当天王王烈的话，是有机会的哦！”

说完，他拉开车座后面一个大皮包的拉链，里面层层叠叠，像面膜一般覆盖的人形面具，肉色，黏着些红丝。王烈从中掏出一张“人脸”，准备轻轻盖在我的脸上。

“来，试一下，不疼的。”

……

在此之前，我深深地吸了一口气，觉得那一副“天王”的面具充满吸力，让我的脸忍不住向它靠拢，越来越近，越来越近。

我真的闻到了那张面皮上面有点人肉的味道。

……

我再次睁开眼睛的时候，是一个人在保姆车里，身上的衣服被调换，似乎是之前王烈穿过的戏服。

我拉开车门，下面一群疯狂的粉丝大声喊着王烈的名字。

一个助理模样的人递过来一个本子，说：“烈哥，这是下一场戏的内容，导演说你要先看看，不能再像之前那么糊弄了。”

“烈哥，烈哥，来，先喝口水吧。”

我还来不及回话，胸口绞痛起来，手抚过去，摸到硬硬的薄薄的一块金属片，我回头看保姆车窗，透过反光玻璃，我看见一张王烈的脸，显得苍白而紧张。

“你们要干什么？”

我的嗓子哑哑的，发出的声音也是陌生的，但我分辨得出，是王烈的声音。

分手演习

如果分手可以演习，
是不是在提前知道后果之后，
就会过得更好？

小青准备在三天内和男朋友分手，但她不知道对方是不是能接受这个结果。分手的原因是小青觉得和对方的关系有些淡了，但主动提分手心里实在太难受。没有原因的分手，也会让自己的名声传出去不好听，但还是要分。

分手之前，她听从闺密佑佑的劝告，点击网上一家恋爱俱乐部，据说，那里有个分手套餐，能让当事人在分手之前体验分手的过程，然后再决定是主动提分手，还是委婉完成，避免自己受人身伤害。

那种因为提分手而被男友、男友家长、男友前女友、男友前男友泼硫酸的新闻，小青是看够了。

嗯，被泼硫酸的，好像也不仅是和分手有关。小青觉得这个主要和嫉妒与不甘心有关系。

反正体验一下也好，佑佑说好评不断的体验，让人身临其境，难以分清现实和演习本身了，正是这种真假难辨的产品，让人上瘾。

佑佑说自己在上面玩了好几把，搞得自己像真的有男朋友一般，非常过瘾。套餐也分等级，初级的就是假装在电脑上和你聊天，中级的就是在微信里互动和传语音。是的，现在声音也能够模仿。

方法很简单，上传授权一个账号。这个账号可以搜索目标人在网络上已发布的信息，来分析此人说话的节奏。语法和词库网上生活越丰富，能够搜索查阅的公开信息越多，服务器的学习能力就越强。甚至还能模仿这个账号，写一篇长微博，让当事人都分不清楚是不是自己写的。

“也就是在网上给你复制一个人造人了。”

“我可以这么理解，就是在网上给我造出一个仅限于网上的平行世界，我在这个平行世界里面，做各种糟糕的决定和挑衅的行为，不断踩对方的底线，看看会有什么后果和回应。这样我退到现实中来，就可以变得谨慎和周全，把自己抽离成一个每次选择都很对的人。”

“是这么一个逻辑，因为太真实了，所以这个网站上的时间线和真实世界的时间线是一样的，那个虚拟的他两天不和你说话，你就真的会两天收不到他的消息。”

“真的有这么好玩吗？”

“当然，我试过把我几个男神的账号偷过来，悄悄授权。”佑佑越说越眉飞色舞，“然后就可以和他们真的有‘恋爱关系’了。你知道吗，现在这个科技已经发展到能够模拟当事人的语音，然后和你沟通，简直不用和真人谈恋爱。反正分手了，也就是一场游戏而已。虽然开头会痛那么几天。后来，你知道吗？有一次我真的和其中一个男神搞上了，但是，和网上发的东西就是两个人。”

“长相差异太大了？”

“不是，是性格。网上的东西，也有精心经营出来的性格，所以搜索出来的性格模型，是那个人想在网上呈现的样子。你私底下一解除，刚开始的细节就能吓死你。不过你男友是素人，不会有这个问题，他的所写就是他的所思。”

“也对，一个理科生，哪有什么时间玩角色扮演啊。”小青还是决定玩一下这个游戏。

为了区分现实和虚拟，她找出一部老手机，用了未曾公开过的账号，准备开始这么一段分手之旅：注册、登记、授权。在佑佑的指导下，半个小时就完成。

旧手机收到了第一条微信：

“晚上早点睡，我加班中，阿武。”

“连个‘哦’字都没有，果然是我男友。”小青觉得只凭一条，不足以说明问题。

就刚开始很好用。那部旧手机像是男友的跟踪器一样，几乎同时会给小青发慰问、亲热信息，内容大致相同，都是“我想你，什么时候回来？今天加班，可能晚回家”的固定短语，也会报告近期的热点新闻和自己感兴趣的科技产品。

除了用手机的新旧来区分，小青恍恍惚惚的，也逐渐有了分不清虚拟和现实的幻觉。她还是准备晚几天再发“我们分手吧”的消息过去。因为就算面对这样一个假男友，网上的假男友，她也有了感情。

“其实，你有没有想过，你为什么要分手？”

小青还是说不清楚为什么要分手。要说腻，前几年就应该为此分手。后来度过了，是因为两人之间找到了各自喜欢的东西，被那些东西吸引了注意力，但又不至于影响感情。男友喜欢电玩，小青喜欢看老电影。这两样东西分割了他们相处的时间，等男友玩电玩回来，小青也刚刚看完老电影，两人相视一笑，原来，我们还是在一起的。

那就好好在一起好了。除了对方，其他的备胎也是让人失望。备胎其实也就用来应付一个两三天的空虚，长期的相处，也是需要习惯和培养的。重新养一盆花，都需要极大的心力，更何况是一个人。

要说有第三者，中途也不是没有冒出来过，但是小青都没真正放在心上。倒不是对自己特别有信心，而是有时真希望有个小三把男友拐跑，她也落得个轻松。每次怀疑，也就都止于怀疑，并没有下手追查。自己也碰到过暧昧对象，短暂相处后也就各自告别，不留痕迹。

“我和杜飞就只是亲了一下，舌头都没碰到，不能算出轨吧。”当时小青找佑佑核对了一下。

“不算，你又没打算和他白头相守，你们都是彼此的路人，从他的全世界给路过了。”佑佑搬出市面上畅销书的语录来，显得特灵。

“反正没留下什么线索，我也就不再心里有愧了，上一次他三天没回来，我都没有追问，这次扯平了。”

小青内心计算着这么一个公式，他做了什么，自己做了什么，他给了什么，自己给了什么，目前来说，没有亏欠，房租、水电费也都是均摊。

“我们之间是公平的。”

“什么公平不公平，一讲公平就不是爱情了，姐姐。”

“我们应该从热恋期过来了吧。”

“那就结婚，不然就分手。”佑佑给出一个非此即彼的选择。

“为什么？”

“拖到最后，对你们都不公平，你们都会觉得对方欠自己一大堆。”

“可能，我们会因为一件小事而分手。”

“越来越会有这个可能。”

……

和真实的男友比起来，小青比较喜欢和那个注定要分手的虚拟男友聊天。对方回微信的节奏虽然不快，里面的合成语音也有点生硬，就是导航软件中林志玲的声音说前面是公主坟注意摄像头之类的那种生硬。但只要稍微给自己催眠一下，也能忽略过去。

虚拟男友知道的东西好像更广一点（当然，背后有一套搜索引擎做数据支持啊）。也能记得一些连自己都忽略的纪念日（当然，备忘录里面逐条都设定好了）。

倒是佑佑会在吃火锅的时候问起来：“你到底什么时候分手？”

小青说：“能就这么谈下去吗？把分手套餐改成爱情套餐？”

佑佑说：“不是不可以，但你不是想体验分手的感觉吗？我帮你试一试。”

佑佑抢过小青的手机，找到联系人，发了一条微信：“我想了很久，我们还是分手吧。”

小青大喊：“小贱人，你拿错手机了，这个是真的！”

佑佑假装镇静：“那不是正好，虚拟套餐都免了。”然后扛不住，变脸成着急的样子，“姐，那可怎么办？要不要打电话过去解释一下，就说是我的恶作剧好了。”

小青摇摇头，说不知道，身体瘫在椅子上：“说不定，这真的是我的想法。”

当晚小青故意回家晚了一点。

不知如何面对，当作一场玩笑，嘻嘻哈哈混过去？问题是，之前的相处方式，自己就是一个较真的人。对方肯定会当真。

要去谈判吗？要去分割财产吗？各自的朋友们要各自站队，从此不相往来吗？想太多了！小青觉得阿武一定会特别理性地处理好这件事情，她回家等候发落就好。

小青回家，阿武在家里上厕所。

小青进门把衣服挂起来，阿武听到了开门的声音，就咳嗽了一下。

小青走进房间，靠着墙，说：“今天回来的这么早啊？”

“对啊，客户今天坐的飞机延误了，会议改在明天，今天就都提前下班。”小青从客厅里面的迹象判断阿武好像换上了家居服。以前不管小青怎么劝，他进家都不换家居服的。如果是平常的小青，肯定会张口问为什么，但是今天的小青，是已经发了分手信息的小青，心里觉得当下的画面不适宜去纠结这种小问题。她就张口说：“那晚餐吃了吗？”说完后发现自己面对着厕所，有些不妥。

其实这也是一个小问题了，但小青觉得也没有办法张口问“怎么样，分还是不分”这种话。

这种话，似乎从来没有被她当作口头语言当面表达过，电视剧里倒是常看，但那是电视剧啊，不怕事情闹大，不怕大家撕逼，不怕直接问出心中那些字眼。

刚开始接触爱情的时候，小青就给自己立下三不问的原则：不问自己在对方眼里算什么，不问前任的所有问题，不问对方现在到底有多喜欢自己。

这三个问题，就像三原色一样，可以分支成千千万的细节。要完全不问，非常困难。而这三个问题，又像人性深处最大的欲望，恋人之间不问，就跟让一个有口腹之欲的吃货从此吃素一般，要有修炼般的决心。

这次分手短信发出去之后，阿武一直没回，这中间等待的时间，被放大了好多倍。

已读不回，是目前这个时代尤其伤人的武器之一。它造成的等待的焦灼感，让发送方没有办法去做其他任何事情。试想一下这个画面，你发送了一则其实也没多大意义的信息过去，手机上显示对方已读了，甚至还有对方正在输入中的提示，盯着手机看，那个提示消失了。这个过程，就会让人联想到接收方拿起手机，看见发送人是谁，点开看了看，随后放下，甚至删除。人们甚至都能够勾画出那张冷漠的脸，眼睁睁地看着发送信息的人，被放逐到最孤寒的地带，风雨飘零，无人关心。这就是已读不回造成的一万点伤害。

而如果发出一条“我们分手吧”的信息之后，对方也没有回复，还有点当作没看到的样子，继续和你过生活，你是不是也要当作这件事没发生过？如果还想继续分手，就要当面提出，撕破脸，大撒泼，弄得众人皆知，让他一定要头对头、脸对脸地说清楚。硬逼着他面对，这就是对已读不回的人最好的惩罚。

小青不知道应该怎么处理接下来的情况。裤兜另外一边的手机响起来，是那个虚拟男友的消息。虚拟男友给自己发来了网络上最潮的段子，改编成了他和她的名字，后面还附带了一个表情包。小青看了一眼，没有回应。对待一个“机器人”已读不回，没有那么残忍吧。

小青关掉了那个虚拟男友的消息，她需要面对真实的情况，了解真实的情绪，解决真实的问题。现在这个阿武，和几天前的阿武不一样。几天前的阿武还处于“七年之痒”，小青不知应该如何和他相处下去。现在这个阿武，有了变数，哪怕这个变数仅仅是不回短信而已。

小青终于听到了冲厕所的声音，她堵在门口，让阿武必须面对现在这个状况。

厕所里面没有了动静，1分钟、2分钟，又有了冲厕所的声音。小青心里想，这人怎么回事，屎没有那么多吧，还是不敢出来？明明是自己已经占了主动了，现在又躲在厕所里面。

小青敲了敲门，说：“好了，别憋着了，之前那则分手短信是开玩笑的。”

厕所那边依旧没有回应，小青生气了，没见过这么磨叽的男的。她拧开厕所门，并没有锁。里面空无一人，但明显能闻到几分钟之前是有人待过的，刚刚上完厕所的气息十分浓厚。小青想，刚刚厕所里面的两次冲水动作，把阿武整个人都冲不见了。不可能，那下水道肯定会被堵住。

谁干的？怎么下的手？干完之后，凶手又去什么地方了？一系列的问题都得不到回答。这不属于密室杀人。最有可能的，是阿武趁小青没有注意的几秒钟溜了出去。

正在疑惑的当下，有人在门口拧动了钥匙。很明显，是刚刚阿武出去了，小青松了一口气。她觉得最近自己看恐怖漫画有点多，什么线索都容易往杀人事件上面想。

正在推开厕所门的时刻，小青还听到一个女孩的声音，细细碎碎，有些耳熟，耳熟到名字马上可以说出来。小青用手捂住了自己的嘴，她用最快的速度把厕所的灯关掉，身体靠在有些湿气的墙壁上，半秒之后，背部全部湿透，即便如此，小青也不敢再动一下。这所有的反应，都是因为她听见了那个女孩说话的声音。

那个女孩是她自己，那个声音就是她自己的声音。阿武回来了，带回了一个小青。或者这样说，带回了一个和小青一模一样的家伙。

目前小青心里只能用家伙来代指她听到的物体，她不敢用其他名词来代指了，会崩溃的。

不管了，直接面对吧，看个清楚，问个究竟。小青大喘了几口气之后，冲出厕所，冲到阿武面前。

此时此刻的阿武神情自如地走进房间，后面跟着那个“小青”，两人没有亲密动作，一前一后，各自拿着各自的手机刷着。

小青准备上前去摁一下阿武的身体，她不敢碰那个“小青”，她需要一个人来帮自己搞清楚目前的状况。在这个空间里，看起来唯一能够解决她的疑问的，就是阿武了。

小青脑中又闪过了自己就像在影视剧中，不知道自己已经变成了鬼魂，在和亲人、爱人沟通的过程中，一直无法接触他们的身体的画面。手一划，对方就穿越过去。

小青将手搭在阿武的肩膀上，很实在，没有穿过去。阿武也感受到了，他转过头，说：“小青，你回来了。”

“我一直都在啊，你刚刚不也在厕所吗？还说今天公司突然改动行程，提前回来了，怎么又出去了？还带回来这个……”

小青指着另外一个“小青”，没有办法对她使用一个更准确的词汇。因为指向对方，小青才很认真地注视着对方，真的和自己好像啊。

不是照镜子那种映像效果。更恰当的感觉，是有人做了一个逼真程度百分之百的蜡像，这个蜡像会动，还看着自己，笑着，准备打招呼。但笑着，是不是在等着自己说点什么，然后才像程序一样，给出回应。

阿武这么盯着小青和小青二号，眼神中流出欢喜的，竟然是小青二号。

“怎么回事？”小青觉得阿武知道答案。

阿武双手摁住小青的肩膀，说：“我前几天听哥们儿说，他们公司开了一个分手演习的网站，让我试用。”

小青心里一跳，原来阿武知道模拟分手这件事情，但是他知不知道小青也在用上面的业务？他的哥们儿告诉了他？

小青假装不露声色的样子，边看着那个二号小青，边问：“那和她有什么关系？”

“你听我说啊，哥们儿给了我一个最高级的会员试用，就等于他们会生产出一个和我的女朋友一模一样的人。怎么说呢，是人吧，实战，和我把分手的过程都演练一遍。”

“哦。”小青不知道还有这么高级的使用方法，她觉得自己手机里面的那个男朋友就已经模拟得很像了，现在面前这个，从皮肤到眼神，从身高到发质，几乎和本尊没差别。可以这么说，比本尊状态还要好一点，皱纹没有那么深，眼袋没有那么重，关键是她好安静，一直就站在小青和阿武之间，也不说话，也不反应，各顾各地呼吸——如果那叫呼吸的话。

“她是机器人吗？”

“我看不像。”阿武捏了一下小青二号的肩膀，是很实在的人的感觉。

“或者她只是和我长得很像，其实她是一个演员。”小青记得自己在很小的时候看过一部连续剧《编辑部的故事》，里面有个女人为了找工作，装成机器人在编辑部干活，最后被揭穿。

“那你自己体验分手就好了，干吗还要带回家来？”

阿武转头看向那个小青二号，说：“我本来也是这样想的，在网站上设定好了，我们在餐厅和平分手，我们各自料理各自的事情。这个小青好像真的复刻了你的记忆，和她聊天，基本就像是和你聊天一样。聊着聊着，我竟然忘记了，我的目的是要和她分手。”

小青二号侧脸看了看小青，也看了看阿武，没有说话。

“现在她没有输入启动语言，只能这么被动地听我们说些什么。”

“那不就是智能的充气娃娃吗？任你摆布。”小青突然冒出这么一句，也觉得自己有些突兀。

“也对哦。”阿武看上去像是被提示了什么。

“还是那句话，你带她回来干什么？”小青的语气里面有了逼问的态度。她忘记了，自己用分手演习程序也已经有段时间。虽然是低级版本，只有手机上的微信来往，但是这家公司怎么能够模拟出这么像自己的一个人呢？如果自己今天被谋杀、分尸了，整个社会都不会察觉，因为小青这个人还在啊。最多佑佑会觉得不对劲，会报案，结果还被抓去关进了精神病院。

她现在想把自己放在一个受害者的立场上，不，她有预感，接下来要发生的事情，她很有可能变成一个受害者。

阿武耸耸肩，小青不知道影视剧里的反派在耍流氓的时候为什么都要耸耸肩，但这个时候阿武耸肩的那个画面，让人尤其不安。

“原本我没有打算带她回来的，但还是让你知道吧，特别是我收到你要求分手的那则短信之后。”

小青目光转向了另外一边，这则已读不回的短信造成了这么严重的一个后果，阿武想让这个和自己长得一样的人工娃娃来取代自己吗?

“其实我是这样想的。我和这个女人下午在茶餐厅的时候已经分过一次了。我在几个小时的时间里面，知道了和你分手的下场是什么，所以我想说的是，我们不要分手好不好？”

“啊？”阿武说完这句话的时候，小青有些不知道应该怎么回答，话锋急转直下啊，“和我分手很糟糕吗？”

阿武听完叹了一口气：“不是糟糕的问题。我也不想去回忆那一段。幸好只是个演习。我今天带她过来就是想当着你的面把这件事情坦白，但你不要追问细节，接下来，我们好好过。”

阿武想靠近小青，抱一下她，但觉得有个小青二号在旁边有些不方便，就说：“我明天就把她退还。今天就让她待在客厅好了，不碍事，就像对待电器一样。”

小青不知道面前这个状况应该怎么处理，不答应显得不懂事，对方都低调求和好，答应又觉得怪怪的，最令人费解的事情是阿武既然要和自己坦白，为什么又不完全说清楚呢?

小青脑海里闪过了自己的妈妈，离婚的妈妈对自己聊过一些感想。离婚之前的妈妈是一个控制狂，没有安全感，什么都要知道得通通透透，逼得太紧，让即便是性格温柔的爸爸都主动提出了离婚。而妈妈始终觉得离婚和第三者有关系，离婚之前的半年都在24小时跟踪爸爸，最后爸爸不得已报了警，阻止了妈妈的行为。最终，也没有拿到爸爸出轨的证据，一直到离完婚。半年后，爸爸和张阿姨结婚。从事情的逻辑顺序来看，证实了妈妈当初的猜想。但是最开始，如果妈妈不逼得那么紧，不要所有的事情都摊在台面上讲，现在两口子是不是还在过日子，只是各自有各自的秘密而已。

之后的小青动摇了之前对爱情以及婚姻的信念，最早是觉得真诚是底线，妈妈的行动告诉她控制权在自己手上才是关键，然而一场闹剧看下来，回头总结，还不如虚虚伪伪地各自扮演角色，表面上不要撕得那么赤裸，给对方留一些余地，最终都是好商量的。

小青点点头，开始转身去收拾房间里面散乱的衣物。这几天没有心思顾及家务，角落里面变得乱乱的。

阿武凑过来说："我来吧，你先休息一下。"

小青把衣服轻轻放到阿武手上，接下来也没有什么亲密的动作，就轻轻走向洗手间，随手拿着手机，拨通了佑佑的电话。

小青小声地说："佑佑，你知道那个'分手演习'的网站有一个最高级的业务吗……对，你能不能帮我定一个最高级版的，就是可以模拟出一个真人恋爱的对象，两个人可以直接走一遍分手的过程。对，我要定一个。最快什么时候可以开始？”

小青挂掉电话，她觉得好奇，到底阿武和那个小青二号下午经历了什么？自己如果真的面临分手，会变得很可怕吗？这才是分手演习的目的吗？让情侣和夫妻之间预先知道分手的下场，衡量过之后再决定到底要不要真的分手。

实际上，这家公司为什么不开发一个“模拟恋爱”的业务呢？明明单身狗的数量比在一起恩爱的人数要多。

说不定是有这个业务的，我不知道，明天问问佑佑。小青还想多订一套恋爱的演习业务。

现代人就是这样吧，觉得自己是多任务处理器，什么样的程序都愿意同时运行一把。

广场上的灵魂舞者

陈大妈得到一段舞曲，可以让人快乐到飞起来，是真的飞起来了。

广场舞对一位大妈来说，有多重要？

陈大妈年轻时曾说过，我会爱你如生命。当初听这句话的人早已成为他人夫，有了孩子。

陈大妈也对孩子们说过差不多的话，后来孩子们也听腻了，觉得这种命不值钱。

陈大妈也就不再说了。那几年，她暗了下来，走路低着头靠着比较暗的地方，被太阳照到不舒服，觉得那不是属于自己的地方。

直到有一天遇上了广场舞，那种律动赋予的反馈，是前所未有的快乐。

你让陈大妈回忆具体是哪一天开启的快乐之旅，没有一个准数，她能想起的是，“苍茫的天涯是我的爱”那句歌词一出来的时候，身体里面被注入一股激流，像过电一样，将人身子里面的精气神抖出来，甩来甩去，甩来甩去……一直到体力实在跟不上，才会稍作停歇。但手上的筋络还会鼓动，一跳，一跳，一跳……心里胀胀的，看见周围，看见自己，都在发着光。

如此这般的高潮，就是年轻的时候也没有体验过啊！年轻时哪有现在这般自由奔放啊，都是听集体的、听组织的、听老公的。

就是看法制报道，说很多吸毒人员在复述当初染上毒瘾的时候，所描述的那种快乐和眩晕的体验。

“我这可算是吸上毒了。”陈大妈悄悄对自己来了这么一句，然后痴痴笑了半天。

从尝到甜头的那一天起，陈大妈就决定，自己的后半辈子就要和广场舞纠缠不清，你中有我，我中有你。

这几天，陈大妈最开心的是，苏丽丽的广场舞团突然解散，她自己所在的舞团又变成南城前十广场舞团之一，不光是面子问题，每次精神文明健身的活动都有资格参加。补助是一方面，关键是荣誉感，是自己背着手走到广场上，大家投射到自己身上的一种热切的关注和期盼。

陈大妈知道自己找到了属于自己的江山。一点点打下来的江山，靠的不仅是游龙戏凤的舞姿，还有一种金戈铁马的气魄。周围的大爷大妈们被紧紧团结在以陈大妈为中心的红缨枪舞团中。一直到3年前的一天，陈大妈觉得江山变成了江湖，世界很大，她的舞团被攻陷了。苏丽丽的舞团横空出世，陈大妈的红缨枪舞团再也没有收到过大型活动的通知，陈大妈把一切的罪都算在苏丽丽身上。

苏丽丽50出头，但总被人说40不到，号称学过芭蕾。跟陈大妈这边数十年只跳一首《日落西山红霞飞》不同，每次广场上亮相的音乐和步伐都是新鲜玩意儿。好几个老头子都偷偷跑过去跟着练。陈大妈还要严防死守自己家那口子是不是也动心了。

如何打败苏丽丽，成了陈大妈的心头事。现在苏丽丽的舞团莫名解散，也成了陈大妈的心头事，因为来得莫名其妙。用有如神助来形容吗？这样的心想事成，陈大妈心里的不安被放大了一圈又一圈。

苏丽丽整个舞团都失踪了。前几天还兴致勃勃地在小区走动，锣鼓喧天，彩旗飘舞，为下一个月的省级广场舞十强赛积极排练。

这事派出所都惊动了。片警李东来还特地找陈大妈聊了聊，他当然相信这事和陈大妈无关，但例行调查，需要把苏丽丽“拉仇恨”的可疑人员都筛选一遍。

陈大妈面对片警，听说对方失踪，满肚子的怨恨也不方便在这个时候说出来，也就简单说了仅有的几次和苏丽丽不欢而散的经历。尽量用了求同存异、共奔未来等各种大而不当的虚词，免得被警察怀疑。

警察没有怀疑，倒是陈大妈心里生出了些猜忌和线索。

最近看了几部儿子放在家里电脑硬盘上的美剧，讲的都是连环杀手，专挑同一性质、同一特征的对象下手。这一次是苏丽丽的舞团，下一次是不是自己就是猎物?

老伴一句话打消了疑虑：“你那舞团的水平，人家还以为是脑瘫复健，就一群老太太干跳着僵尸舞，没人会感兴趣。”

这句话也实在不中听。陈大妈决定要给自己的舞团升级，虽然苏丽丽消失，但未来肯定还有更强劲的对手出来，我们的舞团不能输，必须排练新的舞步，只靠《日落西山红霞飞》肯定是不行。

苏丽丽消失之前，陈大妈派过去了一个卧底，曾追求过自己的蒋会计。现在蒋会计和苏丽丽的舞团一起失踪，可以从中找到新的线索。

陈大妈去了蒋会计的家里，蒋会计独居，现在房子里待着前来找房产证的几个儿子。大妈嫌吵，就随便看了两眼，然后说床头有个MP3便携老人机，想带走做个纪念。儿子们一看不是值钱物，就点头答应。

这台MP3里面肯定有玄机。陈大妈掏出里面的TF卡，插到自己手机里，启动了播放器。

这几年，为了舞团，陈大妈自学各种MP3播放器的使用方法。上一次小区几个年轻人拿低音炮来对攻，抵制广场舞的骚扰，就是与陈大妈微信熟络的保安拉了电闸，才让纠纷没有变大。

这张TF卡里面肯定有玄机。陈大妈把卡插到手机里，能读。

果然有好多没听过的劲歌金曲，每一首都能当成舞团的主打歌，陈大妈甚至脑海中都有了新舞步的想法。

“苏丽丽这个小骚货，藏了不少好货啊。”

陈大妈其实是暗暗佩服的，都是我没听过的啊。除了几百首MP3，手机还提示里面有几段视频，点开来看，是苏丽丽舞团排练的拍摄片段。

陈大妈坐到床上，让身体躺着，双手举着手机，好好观察一下他们跳了什么舞。伴奏音乐有很强的鼓点信息。每个鼓点，都在刺激手脚运动，躺着的陈大妈都情不自禁地开始抖脚。舞团里面的人一会儿圈成一个圆形，一会儿圈成一个字母，也不完全是字母，但肯定是一个符号。舞团里面的人都戴上了反光的手套，举手，撤下，举手，撤下，规律而整齐。

陈大妈看得上瘾，她从来没有体会过仅仅通过一段视频就让自己心神荡漾，这肯定是苏丽丽参加比赛的大杀器。

律动音符逐渐侵入了陈大妈的体内，她的手指开始在空中舞动，衣服和裤子也有了生命力，扯动着肢体，在房间里面转圈圈。

怎么形容这个感觉呢，在小孙子的迪士尼动画片里看过，公主被成堆的小精灵们保卫着，小精灵会飞舞，将公主托举了起来，曼妙、坦然、舒心。

停不下来，停不下来啊!

陈大妈找到了自己刚刚接触广场舞时那种“吸毒”的快感。不，是放大了几十倍的快感。

旋转过程中，陈大妈二十几岁时暗恋的一个军队小伙子的脸都被浮现出来，看得好清楚啊，近得自己的手都能摸到他微笑的脸庞，只是不能跳舞。

跳这种舞，不能停下来，一停下来，一切都会消失，光芒都会退去，自己又会成为一个蜷缩在角落里面略显干瘪的老太婆。

我不想回到现实中去!

陈大妈就这么转着圈，房间里面的暗处都被点亮。

生活怎么可以这么美好？她现在要把这段音乐拿过来，占为己有，在自己的舞团里面用起来。于是马上拨通手机，让副队长阿欢赶紧去小百货市场买一批新的反光白手套，晚上就排练起来。

陈大妈挺佩服自己的行动力的，一周前拿到的视频演示，现在自己的舞团就有模有样地训练起来了，大家也都反映新的音乐和姿势很有带动效果，随随便便跳上1个小时都是很简单的事。

团员还叙说了其他的感受：就是当这曲子响起的时候，身体通过几次动作循环之后，变得轻了一些，如果来阵大一点的风，身体就会被吹起来。

陈大妈说："哎呀，那是因为你练习这个舞，身体变瘦了。有钱难买老来瘦，知足吧你。"

这句话能敷衍别人，但敷衍不了自己。

陈大妈每次练习的时候，也是觉得飘得厉害，很舒服地飘，情不自禁地飘，悠然自得地飘，会上瘾地飘。

事后，陈大妈特地去称了一下体重，没有变化，自己没有变瘦。

以前舞团训练，还要点名管理，现在经过新的舞曲训练之后，大家都一个不落地提前到来，等待陈大妈按音乐播放键。随着新舞步，大家都high了。

广场上灯火辉煌，舞团的成员兴致勃勃，不肯离去，他们变成逐光的鱼群，被旋律调动起来摆弄身体。看表情，心甘情愿，就是跳到筋疲力尽，也很难主动停歇。

好几次都是跳到保安过来拉了电源，大家才像被惊醒一般，浑浑噩噩，分别散去。散去时，走路的步伐尤其沉重，低头垂胸。遇到雾霾天气，还以为是僵尸游走。路过的网友拍了一张照片，发到微博上，一时之间，还成为一类热门话题。

有团员提出过索要MP3和视频档案，想拷贝回去自己听，自己练习。

陈大妈一听就怒了，说这是集体财产，要严防死守，不能让其他队伍知道他们的秘密武器。为此，每次播放完音乐，大家还在空中飘的时候，陈大妈就逼自己的身体沉下来，把音乐播放器收得妥妥当当的，才把大家一个个从天上拉下来。

是的，大家都上天了，是物理上的飘在天上。

是的，训练了一个月之后，大家的身体都轻得可以在空中飞舞。但也有点不能控制，就是一个个像气球一样，浮在空中，也就离地20厘米，天黑之后，远远看去，还以为一帮老头老太太在溜旱冰。

“我们要悄悄训练，这就是成仙了，我告诉你。”

陈大妈已经有点忘记这段音乐是从失踪的苏丽丽那里弄来的了，她觉得这是神给她的礼物。

每次舞团开始训练的时候，她还会掏出一堆香蜡纸烛，烧完以后，大家才开始。

现在，还管什么狗屁比赛，好好跳舞，我就已经快乐得升天了。是真的升天了，你看，是真的在飞，现在，大家已经能离地半米了。

好舒服，没法停下来啊!

在飘浮的过程当中，陈大妈看到舞团成员的一张张脸都变年轻了，手舞足蹈，外面穿着的厚实外套也轻盈得有如蝉翼绢衣，晃荡而玄妙，音响放出的旋律也化作实体的牵绳，钩着每个人的肩膀与大腿，四肢都不用动，身体就会随风摇摆，美极了。敦煌壁画、嫦娥奔月、赵飞燕的掌上惊鸿舞，也不过如此吧。那些生老病死、退休养老金、儿女不孝、身体病痛，通通都不重要，我现在就要那种飘荡的幸福，谁也没法阻止我们……终有一天，我们也会飘向真正的极乐圣土吧。

陈大妈很相信自己的梦想。那是一幅好具体的画面：夕阳西下，云朵浮光，一群仙子逐着最后的光线，满面笑意，飘向远处，远处一定是天堂。

一年后，文化局陆局长问旁边的秘书："今年的广场舞大赛怎么停办了？"

秘书说："今年没有舞团报名。"

"怎么会，去年不是还有四五十个团队。"

"他们都找不到了。"

"什么叫找不到？"

"就是找不到人了，据说好像是失踪了。"

"失踪，什么意思？"

"派出所都立案了，广场舞老人失踪悬案，《都市报》都刊登了，找不到踪迹，找不到尸体，找不到线索。只有一个小孩说半夜起来撒尿，看到一堆老头老太太飞了起来，越飘越远，越飘越远，越飘越远，越飘越远……谁都不信这个小孩说的话。后来，这个小孩也不见了。"

霞姨的同学会

同学们都50多岁了，
她想显得像20岁，
她们发现了一个秘术。

女明星霞姨迟到，没说为什么。

作为一名香港明星，霞姨曾经演过玉女，被国家领导人点名表扬过。有几年，她能够戏约不断，全靠那次点名。

最近，霞姨又火了，因为她放出来的照片还是跟20年前差不多，网友们惊呼，天山童姥，青春无敌。

除了高超的化妆术和自己一直保持身材以外，霞姨还喜欢用一种最方便的方法，就是和自己的同龄人合影，到处开同学会。路人级别的保养肯定是比不上自己了，所以每一次照片放到网上，都能占到一些娱乐版面，头条是不指望了，但还是能保持曝光度，这就够了。

已经嫁给富商的霞姨，倒是不愁钱，所以也不用正儿八经地去接什么戏，偶尔做个客串或者当个监制，免得记者们说自己不务正业。但霞姨自己清楚，和一帮妇女合影，才是最能吸睛的事。她乐此不疲，有空就约。同学们也很开心，有人请客，还能在杂志上看到自己，也是一桩乐事。

此时此刻，包间里面坐着四个女子，叫了几个前菜和一锅例汤摆在中间。烧鹅的盘子里变得黏黏答答，没有刚刚上来的时候那么清爽。

陈碧珠拿起筷子，夹起另外一道菜里面的花生，又放到小碗里面。看到桌子旁边的其他人都在低头玩手机，嘴巴里就啧啧两声：“怎么还不来啊？”

韩香慧没有抬头，她在回复律师信息，说离婚时有一份联名保险的收益应该归她所有还是直接调到孩子的户头上。她想来想去，总比那前夫新找的韵律操教练强，每个月只有几百块，牌桌上脚一抖，钱就送出去，还是能争取就争取。她听不见陈碧珠的抱怨，她可以再等一会儿。

陈碧珠哼唧了一声，说："人来不来倒是无所谓，来了也就待几分钟，合一个影，放到Facebook上，又是她一个人青春靓丽，不老神话。"

韩香慧边看手机，边随便搭腔："话也不能这么讲，她还是都帮我们ps的喽，只是我们底子不好，摆来摆去还是一张主妇脸。但是她就这么喜欢和我们合影吗？还不是为了要衬她年轻。你最近见过她和baby合影过没？别说baby了，冰冰都没有。"

陈碧珠额头调低了些："说的也是，但人家毕竟是大明星（'大'字被拖长了一点音），保养品都有厂家赞助，我们就是涂再多保养品，家里那么多事牵扯，不老也添三条纹。你看人家阿霞，就是不一样哦。这次吃饭，我们跟她说，这次就不合影了吧。我都被我儿子嫌弃了，说平时不觉得我多老多丑，这一对比，我都可以当她老妈。要知道，平常在小区，和那帮牌友们在一起，我真是算年轻的啊。"说这句话时，陈碧珠用小拇指扫了一下上个月刚刚文完的眉线。

坐在一边一直没有吭声的李子菇抬头想了想："说起来，不止霞姨，连周丽君都没有来。"

周丽君是谁?

这个名字在陈碧珠的脑海里面过了一圈，没有印象，我有过这个同学吗?

韩香慧原本用单手打手机，转换为双手敲字，她要长篇一番，好好和律师磨磨，保证不能让那份保险受益落在前夫手里。就是这种紧要关头，韩香慧都没有忘记回答问题。

“周丽君，就是那个我们刚刚升到中四，突然转学过来的留级生，她和我们待了半年，好像就退学了。这一次就是菇婆（李子菇）叫来的，不知她们两个怎么连上线的。”

陈碧珠假装惊讶地“哦”了一下。她真的印象不大深了，但不妨碍，马上用手机调出中学时期拍的生活照。最近几年，这个iPhone别的功能没有学会，让儿子帮忙导进老照片，时不时掏出来回忆一把，倒是用得很顺手。

“你看，是她吗?”

李子菇用手指戳了一下一堆女孩中的一个:“不显眼的短发，没有大笑的那个。”

“你看我们当时多年轻啊，阿霞一直就是那个样子，我们却变了这么多。”陈碧珠假装忽略了找周丽君的主题。回忆自己的青春，才是要紧事。

“对，今天为什么突然要叫周丽君来?我们跟她不是很熟哦。”韩香慧把手机啪地扣在桌子上，看样子和律师沟通得不太顺畅。

“没有，前两天突然接到一个电话，说自己是周丽君，说自己从内地搬回香港住，这么多年了，想和大家见见。”

“搬回香港？她和她老公离婚了？”韩香慧热衷听到和自己命运相同的人的事情。

“她没说，我说那就来今天的姐妹饭局吧，和大家叙叙旧，刚好阿霞也会来。”

“然后，她就迟到了？这个靓妹仔，读书的时候就喜欢古灵精怪，现在一把年纪了，还这么爱迟到。”陈碧珠终于想起这个名字。周丽君，抢走她暗恋对象的那个人，这么该恨的人，我刚刚怎么就想不起来了呢？是不是最近过得有点“幸福”，忘记了这个“绿茶婊”。待会儿她要来了，可得好好看她衰成什么鬼样子。

那年，那天，男朋友和我去吃小甜品。学校门口天桥旁，渣打银行正对面，新开的甜品店。店里坐满了，我们坐在靠里面的方桌上，双方大腿间距10厘米、5厘米、10厘米、5厘米……反反复复，甜蜜、腻歪、愉快、胡思乱想。

哪知道远远走来一个周丽君。一看就是个不正经，刚刚转来我们班的时候不觉得。太明显了，走路姿势就摇摇晃晃的，先伸一条腿，再伸一条腿，然后又缩回去，一进一出不要脸。长头发直得就像尺子比着画出来的，必须是一量再量才有的效果。周丽君装清纯，异性看不穿她的底细，只有我这样的在同学中略有姿色的才能目光如炬地识破她的伪装。要我说，她脑门上那层刘海底下大概都是涂多少粉底也盖不住的大痘疤。

那些年，幸好有霞姨，不然周丽君还真以为自己是校花了。但是霞姨读书中途又去拍戏，周丽君没到半年也转学走了，留下一个香黛芬芳的校花空位。总算彰显妇德，自己成了校园第一美人，当时希望这两个女人一辈子不要回来。时隔二三十年后，看到霞姨风风光光地以明星姿态天天要和老同学们合影，方便对比出自己的不老容颜，反倒又怀念起周丽君。就是“周丽君”三个字听来陌生，原来心底里一直叫她小贱人。被李子菇这么一提，瞬间没有把两个称呼联系到一个人身上。

“原来是她呀。”陈碧珠心里“嗷”了一嗓子。

一方面，希望她老得不像样，落魄得不得了，自己稍作安慰，实际大快人心。毕竟在当同学的岁月里，她和自己当年的男友玩过暧昧。等她转学后，男友又下跪倒追回来，这个仇，要记一辈子。

另一方面，又期盼她保养得当，和温碧霞着实有一拼。自己的脸虽说在凡人当中还是略有姿色，不少路人猜年龄都会自动减去10岁，但比起当下的霞姨来说，还是太像一个老姑婆。合影的时候当然会笑脸迎人，但看到照片刊登在报上，上传到网上，还是恨不能砸碎屏幕。女人就怕比较，一比较，一输，自己的脸就有一万个不是。如果韩国、日本那些美容术能够让自己战胜霞姨，就算卖掉名下一栋楼我都愿意。

心态矛盾的不止陈碧珠一个人。李子菇和韩香慧，少女时期就属于美女旁边的陪衬，没有想过争夺校花的位置，只求陈碧珠她们几个人能够带自己玩就够了。突然这么多年没见的当年的校园三大美女齐聚这间小茶室，这两人更多的心态是观望。霞姨就是那个老样子，美那么一两次也就够了。陈碧珠在同龄人中显得年轻，但姑婆脸却越发明显。经常和两人厮混在一起，小美女的傲娇早就淹没在八卦的言谈之中，玩得越来越融洽。现在要来的周丽君，论混，应该也没陈碧珠初级豪门厉害；论美，也比不过霞姨的不老脸蛋。应该拖儿带口，满目憔悴，说不定这次还要向我们借钱呢，用兜里那几千块现金打发掉得了。但话说回来，这几年，内地经济腾飞，前景远比香港来得明朗，不知道待会儿要过来的周丽君到底是个衰鬼还是个仙女呢？

包房的门被轻轻敲了两下。

“进来。”

门口站着的是服务生，服务生背后站着的是一个女孩。

是女孩？是周丽君？

是女孩样子的周丽君！

要不是刚刚看了老照片，盯住观察了那一张脸，门口站着的那一位，很像是一个高中生走错房间了。

周丽君一脸不好意思地走进门，说：“大家好，不好意思，我来晚了。”

陈碧珠有点想稳定自己的情绪，正想张口问“你是周丽君的女儿吗”这种问题。但她对那个“抢走”她男友的周丽君的脸记得太清楚，30年都忘不了。那个脸，媚眼如丝，红唇微张，故作柔弱。眼前这个周丽君还穿着跟当年差不多的白色连衣裙，类似校服，又比校服短，背着手，眼神里面仿佛没有重点。因为房间里面没有男人，她就是来勾仔的!

陈碧珠出现了幻觉，当年的男友，还是那个少年的样子，躲在周丽君的后面。个头虽然很高，但还是蜷着身子躲在了后面，咬住自己的下嘴唇，不好意思走出来。

这个画面，就是当年要分手的画面。当年这个周丽君什么话都没说，男友也什么话都没说。

陈碧珠秒懂。

那个少年没有走出来，已经过去几十年了。但周丽君为什么还是那个少女的样子?

这是妖怪才干得出来的事情! 陈碧珠脑海里面的词汇只有妖怪，而不是神仙或者精灵等比较正面的，就连狐狸精，她都觉得褒义了。

少女周丽君大声喊出了“珠珠、小慧、菇菇”，三个人少女时期的昵称，并且过来一一拥抱。

子菇边抱着边侧脸给旁边的韩香慧打眼神。

“你怎么会是这个样子的? ”韩香慧总算找到让自己放下手机的那件事情，就是当年的同学以当年的样子出现在自己的面前，很热情地和自己打招呼，整个画面在门口服务员看起来，就像是女儿和自己的姑妈在拥抱。

“先坐，先坐。”周丽君用手摁住大家的肩膀，很有力道。

陈碧珠觉得身体被一个铁钳子硬摁到了椅子上。

陈碧珠心里生起了其他念头，她第二关心周丽君为什么还是那个少女的样子，第一想问的事情是，我是不是也能变成那个样子？如果只有自己能变少女，而李子菇和韩香慧还是老姑婆的模样，那就更加好了。到时候一定要气死霞姨！

陈碧珠没有被自己的黑暗的想法吓到，她要安静地坐下来，弄清楚所有的脉络。

韩香慧直接就把手机给关掉。此时此刻，不能有任何一条信息来打扰，什么破保险，能值几个钱？她已经看到一条财路，虽然不知道要为此付出什么代价。

李子菇是最念旧的一个，摸着周丽君的头发，用小力道拽了拽，好多啊，都是真发，怎么保养的呢？并且吞咽了一下口水，她自己头上那顶假发买了已经5年了，为了不显得太张扬，力求自然，选的都是花白款式。很多人都不知道，自己的头发已经剩得没有几根了。

“你真是一点都没变啊！”

“你们也没变啊。”

“你这么说可有点虚伪了。现在出门问路人，谁都只会把我当你妈！”

如果是平常的交际场景，陈碧珠和韩香慧都会在心里翻起大白眼。但现在周丽君这张脸太让人震撼，完全不是擦保养品、吃血燕得出的。她真的就是一个17岁的少女，就是穿着稍微80年代了些。可能是最近复古流行起来了吧。

“你们不想聊一聊我们读书时候的事情吗？”周丽君有点故意把大家最感兴趣的话题转走。

“你不要口水多过浪花了，快快，告诉我们，你是怎么变得这么年轻的？”

陈碧珠翻脸就忘记了早先那些恩怨，几分钟内抹得很空。她不是给自己洗脑，只是另外一个愿望让她自愿放弃那些显得累赘的记忆。她也要变年轻，赛过霞姨，要和霞姨去合影，放到微博上、Facebook上，让网友们平心而论，到底谁才是天山童姥，少女容颜。

周丽君一副知道大家想要探秘的心情，知道自己的出现会引爆很多想法，也不会藏着掖着，便把真相马上告诉姐妹们。

周丽君先是双手扣住自己白衬衣最上面一颗纽扣，觉得系得有些紧，想了一想，又解开。

“你们听说过借龄吗？借钱的借，年龄的龄。”

“什么东西？”

周丽君侧头看了一下墙壁，又回过头来说：“简单说起来，就是人活多大岁数，身体的每个部分就是多大岁数。现在人体移植虽然很发达，但就算你移植来年轻的器官，你整个的寿命还是原本的。”

陈碧珠有点听不懂。她只想着怎么变成少女这个愿望。

周丽君：“我退学那年，认识了学秘术的一位大姐，她号称已经活了300多岁，她要教我不老之术，唯一要求是要我离开香港。我谎称去了内地，但还是先去了老挝，那里有人会用借龄的方法，锁住了我的脸，一直保持18岁的样子。这种年轻就是从身体的其他部分借过来的，但是身体的其他部分会加速老去。你们看，我的脸看上去很年轻，但脖子以下的皮肤已经是差不多100岁的样子，如果想继续保持年轻的话，其他皮肤会加速老化。这个置换过程，可以是瞬间的。”说完这个话，周丽君把手套摘下来。少女的脸前面摆出了一双只剩骨架的手掌，皱巴巴的皮肤撑在骨头与骨头之间。

“那你为什么看上去体态和少女差不多？如果真是老人的话，你的腰不可能那么直。”

“我胸部以下40%的骨头已经换成金属。”周丽君用手敲击自己的背部，发出了敲钢门的声响。

陈碧珠被吓到的事情，是自己没有被吓到。

她骨子里的愿望是想要变年轻，这种愿望可以让她相信任何荒谬的事情，只要骨头和脸变年轻就好。她已经20年没有性生活，她只要不露出皮肤，就可以一直18岁，走出去给别人看到最光彩的那一面，其他不堪的地方，藏起来就好了。所以陈碧珠想了半天，问出的第一个问题就是：“如果我现在想变成你这个样子，还来得及吗？”

“还来得及吗？是不是身上腐烂得会更快？”李子菇紧接着话茬。

“还来得及吗？”韩香慧脑海中的画面已经是自己幻化成少女，

穿着当下时髦的衣服，走在老公和那个30多岁的老女人面前，鼻孔微张，很轻蔑的样子。她觉得这个代价可以付出。

周丽君侧头歪笑，表示以上问题都可以得到肯定的答复。她拿起一个大的旅行箱，砰的一下放到餐台上，旅行箱很沉，撞击餐桌发出的声音反而是沉闷的。

拿起箱子的时候，周丽君自言自语地说了一句："倒是没什么副作用，就是会有点异味。"

没人听到这句话，仿佛周丽君自己也未曾提过。

陈碧珠脸上透出一股光，什么都还没发生，但这股光已经十分明显。如果一定要给这道光起个名字的话，那应该是叫"回光"。

……

尾声

霞姨迟到了，她不着急，这不是她第一次迟到。之前包里带着的便携苹果灯没电池，叫助理花花去便利店买了几十个备用，耽误了一些时间。同学们会等她的，又没有超过2个小时。

自拍杆也带上了，这次的合影一定要好好拍一下，上次被网友指出自己脖子上有斑，这次化妆盖得很完美。同学们嘛，随便美白一下就好了，反正怎么拍她们都像阿姨。

我又要占据网络社交上70多岁的不老女神的第一名了。

霞姨推开门之前，听到了里面少女的欢笑声。

“怎么回事？不是说好不带小孩过来的，谁把女儿带进来了？”

门被推开。

陈碧珠、韩香慧、周丽君、李子菇，霞姨叫得出她们四个人的名字，但她眼前的四个高中少女，穿着高领校服，并排坐在一起，微笑着看着盛装打扮的自己。

“阿霞，你来了，等你好久了，我们可以叫吃的吗？我们等你等得肚子好饿啊。”

虽然画面有着四位少女迎接自己姑妈的温馨感，但霞姨没有觉得如沐春风，因为她闻到的是一股腐肉的酸臭气息。站在门口早就觉得不对劲的服务生，叫来了杀虫公司，用超量的喷雾一直在过道上喷洒、消毒。

那一夜，霞姨并没有和同学合影并放在网络上。

她要找另外一批老同学了。

我们把老师给气炸了

讲台上的老师说：『我要被你们给气炸了！』然后就真的炸了，血肉横飞。

团子无论如何也不相信，自己儿子和他们的同学把老师给搞爆炸了。

真的爆炸，血肉横飞的那种。

“妈妈，怎么办啊？我们把老师气炸了！”

当达达背着书包回到家里的时候，团子看到了他身上的血迹，而且是好多血。

“难道被人打了吗？”团子第一反应是关心儿子有没有受伤害。

达达摇摇头，团子惊慌地检查起来，这要是摔了一跤，也是了不得的大事啊。虽然达达显得蔫头蔫脑，但四肢摸上去都没有异常，所以可以判定不是他身上的血。

但是这么大量的血为什么会溅到身上？恐怖的细节，持续被发现。

校服上还有细小的肉块，新鲜的、血腥的，有些已经晕开来了，是大量的血一下子泼染上去的效果，这件衣服看起来是废了。

“达达，你这是去菜市场了吗？怎么搞成这个样子。”团子蹲下来仔细捏着孩子身上的每一个部位，她要确认孩子身上没有一点伤。

达达摇头，沉默不吭声，被使劲捏，也就是眉头一皱，不喊疼。

“达达，你再不说实话，我就带你回学校，去问你老师了。”

达达听到“老师”两个字，再也憋不住，放声大哭起来。他挣脱掉团子的双手，朝屋子边角撞过去。是的，用的是撞这个动作。他边撞边喊："你找不到老师了，你找不到老师了！"

小小的身体啪啪地撞击着，发出了闷闷的声响。

团子内心也有些慌，儿子回来，变成这个鬼样子。要不要先去医院，还是先去把他身上冲洗一下啊？这种烦躁的环境下，团子脑子里面的念头就是让儿子安静下来，只要有了交谈，一切线索都会浮出来。

儿子今年9岁，成绩一般，团子也没高要求，每天也不逼着他使劲做功课，唯一的希望就是他在外面不被欺负。

现在离异家庭的孩子越来越多，儿子达达的情况不是很特别。老师曾经来家访过几次，鼓励之外也没说什么其他的。总的来说，就是一个普通孩子。

普通的孩子，最大的优点就是不让人操心，没有名次上的争夺，也不担心他学坏，就这么默默长大，不期许他成为什么伟大知名的人物，也不要他给自己买车买房、承诺养老，平安健康过完一辈子，就是团子想过最多的画面。她不是一个什么事情都往极端方向思考的女人。

就是这样一个普通的孩子，突然血糊糊地回到家里胡言乱语。团子只能先阻止他的吼叫，避免让邻居听到。

这栋楼居住的大都是退休老人，随便步子走重一点，退休老人们就会在自己的房间里面猛敲暖气管，气势磅礴，绵绵不绝。好像找到了新的抱怨的出口，敲击起来没完没了，上门道歉都没用，被引诱得火山爆发了，按不回去。

团子不断地摸着达达的背，达达稍微冷静了点，支支吾吾的：“吴老师，吴老师！”

“吴老师怎么了？吴老师怎么你了？”

“呜呜……吴老师被我们气炸了。”

“你们怎么惹吴老师了，把她惹得这么厉害啊？”很显然，团子此时此刻还没有领悟过来“气炸了”三个字的真实含义。

达达真的想说的是气炸了，就是人体真的爆炸了的意思。

“老师真的被我们气炸了。”

达达持续用已经沙哑的嗓子，尽量在复述今天下午发生的事情：“吴老师嫌我们一直说话，嫌我们吵，然后吼叫着：‘今天，老娘要被你们气炸了！’然后老师把手机往地上一摔，就炸掉了。”

“手机摔到地上，手机被摔炸了，然后你们老师就受伤了，是吗？”团子还在往事情没有那么严重的方向去思考。

她妈以前不断告诫她，不要动不动就绝望，因为绝望太容易，大部分人临终时会发现，很多自己一直恐惧的事情都没有发生。

那些真正发生恐怖的事情的人，他们之前想得再透，也于事无补。这样比起来，还不如做一个事到临头才知道的傻瓜啊。所以团子是这个世界上最后一个知道自己要离婚的女人。

达达还是很冷静地问：“妈妈，爸爸是不是不会回来了？”

团子才想起来去追究、调查，老公和小三在一起已经五六年了，因为自己没提，大家这么相安无事地过着。小三觉得既然不闻不问，那老娘就做正宫好了，威胁男方离婚。男方回头和团子说的时候，团子觉得自己之前一直没有认真调查这事，糊涂日子过久了也有责任，没有大吵大闹，就顺着对方的意思，好聚好散，自己按月收一些抚养费，就这么搬出家来。

“不是，手机只是摔在地上摔烂了，是老师自己炸了。”达达一边说，一边用手脚比画。

“是心脏病犯了吗？”团子还是没法在脑海里面勾画出儿子达达叙述的事情，一再把事情合理化。

“没有，就是整个人爆炸，一块一块的，小芳还被飞过来的一块老师身上的肉给砸到了，我身上的血就是这样溅上去的。”

“儿子，你的意思是，人体爆炸了？”团子觉得儿子可能在胡说八道，也许是教室里其他地方炸开了，而孩子的描述则出现了夸张的误差。

“是啊，妈妈，老师被我们气炸了啊！怎么办啊，警察叔叔会不会来抓我啊？”达达话说到这里，脚也开始跺起来，肩膀抖动，他需要做很大的动作来把内心的恐惧给释放出去。

“放心放心，不会的，不会的。”团子抱住儿子，也顾不上他身上的血迹，还帮他把一直背着的书包卸下来，怎么这么沉。

“啊！”达达接近疯狂地大叫，“班长说，班长说，我们把老师气炸了，都会被枪毙，都会被枪毙啊。”达达边嘶吼边夺过书包。

团子一把捞回书包，拉开拉链。书包早已经变得湿湿答答，拉链变得尤其难拉开。拉开后，里面有模模糊糊的一大块生肉，一大股血腥败臭之气。肉上粘着一块布，分不清是衣服的一角还是其他什么布，整个一块都被浸泡过头，和肉块混在一起。

“啊——”达达又哭了起来，“警察不要抓我，警察不要抓我。”

哭了这么久，邻居老人又在楼下敲暖气管子。先是警告地来三声，见哭声没完，才跟着开始连续敲击。

团子彻底蒙掉，达达说的是真的吗？他们吴老师真的炸掉了？

然而，儿子书包里面有吴老师的一块肉。

“你为什么要把这块肉带回来呢？”

团子还是不太相信，达达书包里面的那块肉是他们吴老师的身体的一部分。

“班长说，我们把老师气炸了，外面的人不知道，我们把教室打扫干净，把里面的肉扔掉，就没事了啊。我忘记把分给我的肉扔到河里了。”

达达像突然想起什么一样，拿着书包想往外面跑。

要报警吗？怎么解释？孩子的话如何成为证供？传出去，不管是真是假，这里的房子，我作为一个单身妈妈，肯定要被迫搬走。

是真的，牵涉命案，警察就会介入，我刚刚安定下来，又要兴师动众搬家？单身妈妈带着精神失常的儿子？这个名声传到哪里都不是好听的。

还是要去一趟学校，看个清楚。

团子花了20分钟，让自己的情绪尽量平稳。她心里就一句话，无论如何，先要保证儿子没事。

然后，她拉着精神已经走样的儿子去冲了身体，把脏衣服全部扔到一个塑料袋里。

至于那个装着人肉的书包，先冻在冰箱里，免得夏天发出怪味儿，被隔壁闻到，肯定会去投诉。也不方便随地扔掉，目标太大，容易被人捡走。如果是动物肉还好，万一真的是人肉，又会招来警察。

团子一想到各种能够牵涉报警的可能性，她都否掉了，因为自己老公就是一个警察，她不想碰和前夫有关的所有事情。

忙完之后已经快半夜了，达达已经被规劝进了浴室洗了一个澡。之前的疯狂喊叫太伤体力，很快他就抱着团子入睡了。

团子抱着儿子思考着，要不要现在就去学校探个究竟？

大半夜的，也不方便去学校啊。自己手机里存的学校唯一的联系方式就是吴老师的。

打开她的微信，最后一条朋友圈是昨天半夜发的，是在一个仓库门口。朋友圈里写着半夜探班男朋友的艺术工作室，过来送煲汤，希望他会感动。也就是说，这个吴老师在上课之前的深夜，还在家以外的地方活动，然后再来给小朋友们上课。推论起来，是处于一个疲惫的状态。

常理说，玩得这么野，第二天应该请假才是，为什么还要坚持来上课呢?

“你好，吴老师在吗？”

团子给吴老师的微信发了一条消息，看看对方能否回复。如果回复，那就秒速证明儿子和自己聊的故事果然很荒诞，自己和老师见上一面，看看孩子是不是情绪上出了什么问题，想想办法解决一下。要不要请一个礼拜的假，陪达达出国旅游，放松他也放松自己。

到目前为止，作为妈妈的团子，依然不相信老师被气炸了这件事。虽然电影里面演过无数次这样的场面，但那都是有炸弹或者被袭击，哪怕是古装片，也是被各种内功所致的特技效果啊。现实生活中，倒是有自燃的情况发生，但她没有亲眼目睹过。团子内心太固执了，她也没办法解释那一块腥臭的生肉的来由。

天终于有些擦白，早上起来的达达有些迷糊地揽着团子的腰，眼睛都没有全部睁开。他说：“妈妈，我做了一个噩梦，我梦见我们班吴老师炸了。班长说，老师是我们给气炸的，警察会抓住每个人，然后枪毙，于是要求我们把炸碎的老师的尸块分给同学们。我分到了最大的一块，书包里都装不下，我把参考书和作业本都放在班里，肉才全部塞进去。那一块肉好重啊，我背到……”

达达一直自言自语，越说到后面，越意识到他说的并不是梦境，而是昨天发生的事实。但他停不了，他需要把自己所知道的全部给说出来。

“我背到汽车站，售票阿姨问我身上什么东西那么臭，不准我上车，于是我一步步走回来的。那个肉上面还会滴血，我怕它漏出来，去小卖部买了一个大塑料袋兜着。小卖部老板问我身上为什么这么多血啊，我说摔了，他说摔了也不可能这么多血啊。他要打电话，不知道是报警还是叫医生，我就拿了塑料袋跑了，也没给钱。妈妈，我们现在去给小卖部的叔叔付钱，好不好？”

“好啊，去之前，我们先去你们学校好不好？”

“我不要，警察会在那里等着抓我的，我包里的肉最大最多，会挨不止一颗枪子儿的。”

“谁告诉你要挨枪子儿的啊？”

“班长说的，班长说我们把老师气炸了，我们都有责任。”

“儿子，你说你们班长一口一句你们把老师给气炸了，但明明和你们没关系是不是？”团子一边摸着儿子的头，一边整理他新穿上的校服。

“对，他一直在说，而且还分配给我们任务，女孩就分到小一块的肉，我个子最大，就分到大块的。”

“为什么你们老师爆炸了，那么大的声音，别的班同学还有隔壁的老师都没有发现，跑过来看看情况呢？”

团子在对话过程中，默认了儿子达达说的老师被炸掉的事实，这样才能和儿子以一种互相了解的姿态沟通，探寻更多的信息。哪怕很有可能一切都是儿子虚构出来的，只要抓到一个漏洞，就能解释所有的想象，那就彻底能松一口气了。老师炸掉这件事情，团子依旧不打算相信，她只是需要演得自己相信，在儿子面前。

“我们班的教室在最边上，隔音很好，隔壁整个班的人都去体育馆参加演讲比赛了。学校昨天只有我们班在上课。”

达达今天的表情和昨天不太一样，对团子的各种问题，都在以一种冷静的语气来解答。他是在思考什么？是按照班长的提示，把那一块肉毁尸灭迹，还是单纯地对妈妈撒了一个脑洞大开的谎言？可目的是什么呢？团子想不明白。

应该有人在学校工作了吧，早上7点对于学校而言，不是一个沉睡的时刻。

牵着儿子的手，团子打车来到达达读书的小学。

没有完全亮堂的安安静静的校园，没有警察的来回巡视。团子用手机打给值班的保安，说昨天下午有没有看见什么奇怪的事情，保安说没事。

团子觉得把老师炸掉了这种事说出去反而会引起骚扰。在问的时候，她都用很模糊的词句，问某个时刻有没有听见什么奇怪的声音。然后自己用一种被学校请家长来的姿态，在校园周围溜达，看看垃圾桶里面有没有被遗弃的尸块。

团子现在很矛盾，心里不愿意承认这个事实，但在儿子面前，却要做出一副很相信儿子的表情，让儿子情绪稳定。因为一再否认孩子的“世界观”，以后沟通起来会更加困难。儿子还没到叛逆期就这样，以后可怎么办？

团子目前担心不到那么远。

团子把装着肉块的书包直接冻在冰箱里。

去学校打探回来的团子疲惫不堪，这件事只有儿子的说法和冰箱里面的那块肉，没有其他线索。

和儿子又去了学校里他的班级。教室里面吵吵嚷嚷，班上的同学有些还在补做昨天的功课。一名穿着浅蓝色外套的年轻老师在低头看书，没有很认真地维持班里的秩序，有点放任的意思。

团子直接走进教室，将老师拉了出来，说：“班上原来的吴老师呢？”

“吴老师昨天跟校长请了长假，我是教语文的陈洁老师，今天开始代理做班主任了，你是李达的妈妈吧？”

“吴老师请假了啊，怎么这么突然，现在还能联系上吗？我打她电话没人接，微信也不回我。”团子保持情绪追问道。

“具体情况不太清楚，我们也觉得很突然。”

“吴老师昨天不是爆炸了吗？”这句话，团子怎么也说不出口。

但是冰箱的书包里那块肉又是血淋淋地存在着，提着进警局，我首先就会被抓吧。

“是吗？吴老师上回说到要给我儿子拷贝习题视频讲解，我一直没收到，今天过来看看能不能顺便拷回去。”团子随口编了一个理由。

“那这个你需要问她了，我们现在也打不通她电话，听说她回老家了，现在估计在飞机上，不方便联系吧。”陈洁老师很流利地应答着。

预习的铃声响起，陈洁老师简单道了声再见之后，就转头回教室。

儿子达达背着备用的旧书包，垂头丧气地跟着走进教室。团子发现教室里面那个所谓的班长正盯着达达，表情诡异。

我是不是不能离开啊？但冰箱里的那块肉怎么处理呢？

团子也开始想如何善后，以及麻烦不要来惹我的事情。

“也许，那根本就不是人肉，就是小学生们随便捡的一块猪肉，然后回家吓唬家长的。现在的孩子，脑洞还真是邪恶。”

团子快被自己说服了，但她还是决定先待在学校，看儿子能否平安度过这一天。再说，手里不是有吴老师的微信吗？对，怎么不发一条微信过去问一问，太二了我。

团子发了一条：“你好，吴老师。”没有写下去。团子觉得不必一开始就把事情抖落得太清楚。

团子眼睛就这么盯着屏幕，指望上框出现“对方正在输入中”的提示。

出现了，对方正在输入中!

“怎么了，李达妈妈？”吴老师回复了。一切有了答案，没有人被炸，没有人死亡，那块肉是什么不重要了，扔掉就好。团子身子一垮，一晚上白担心了，我就是一个二货啊!

“没事，刚刚路过学校，想亲自过来问问李达的学习情况，见你不在。听说你请假了？现在是在飞机上吗？”

“对，马上就要起飞了。要说你们家李达啊，实在是太调皮了，我都被气炸了！”

“是吗？是太调皮了吗？”团子没想到吴老师会这样回复，但儿子被这样批评，也是很让人不爽，虽然回复过去是在压抑情绪。

对方没有回复，也没有正在输入的状态。

等了几分钟，还没见回复。团子有点生气，要吐槽发泄，一次性把话说清楚啊。抱怨一番，又不说什么事情，提到自己被气炸了就没下文了。

“不会真给气炸了吧？”经过这两天儿子的脑洞洗礼，团子不得不想了一下这个可能性。

好了，没事了，带儿子出去转转吧，也不要把他留在学校。

团子拖着达达的手：“走，不上学了，一起去儿童乐园玩玩去。”

“好的。”达达的回答既算不上是激动，也看不出沮丧。表情很，表情很……团子找不到一个准确的词来形容儿子的表情。硬要打比喻的话，那就是，一种007完成任务的放松感。

走出校门的时候，团子手机里收到一条突发新闻的提示：“15分钟前，一架准备起航的飞机爆炸失火，死伤人数还在统计当中……”

小宋超短篇

小宋她不是一个人，
她只是会遇到奇怪的事。
说撞鬼也真是太低估她的奇遇了，
七则超短篇，小宋就在你身边。

小宋不是一个人，他有时是男人，有时是女人。

他只是一个会遇见奇怪事情的人。

你也会遇到小宋，说不定，你自己就是小宋。

第一则超短篇

小宋下楼坐电梯，自己在20层，液晶屏显示在1层。此时，电梯门突然打开，里面灯是熄灭的，站着一个低着头的孩子，随时准备抬起头来盯着人看。如果你是小宋，会不会选择上去？会不会觉得只是电梯的显示屏坏了，那个小孩也是你认识的邻居的小孩？

第二则超短篇

小宋觉得她认床很多年，每次外出，至少都要带个枕头。否则睡不知来由的枕头，她会进入之前使用者的生活场景，就像把那个人的生活过了一遍。本以为住高级酒店，会得到一些美梦，谁知道，那些房间里锁上门后的奇怪世界被身临其境地看了个透，甚至看到了一场又一场的谋杀案。醒来之后，却记不得梦中的各种脸。所以，报案也变成一件困难的事。如果再不带自己的枕头，就注定在梦中睡死过去。

第三则超短篇

小宋继续严重失眠，新交的男朋友送来网上热卖的大枕头。刚开始几天睡得好，逐渐躺在床上很难控制自己身体，每天都经历梦魇。

上网看有人爆料是网络商家去医院偷剪植物人的头发藏入枕头，方便助睡。小宋扔掉枕头，男友又送来同一品牌的被子。小宋觉得，再用这种枕头、被子，一辈子就真睡过去了。

第四则超短篇

小宋有个搞房地产的同学，学几十年前美国电影《偷窥》里的桥段，在刚买下的一栋楼里装上了监控设备，每天像看娱乐节目一样监视整栋楼的动静。有一天，发现一个住户其实是外星人，负责监控地球上的一举一动。小宋最后知道的结果是，那栋楼莫名其妙地被炸了，而官方、民间都不记得有这栋楼存在过，那位搞房地产的同学也不复存在了。同学会上，小宋还感慨，怎么自己班上没有出现搞房地产的同学呢？

第五则超短篇

小宋说起同学高朋，必须永远让自己保持刘海的发型，不许人碰，一碰就翻脸。据说是他的额头那一块是凹陷的、空心的，宛若黑洞。如果你想开玩笑，去拍他的额头，手就会像陷入一个树洞，湿湿软软的，并且会感觉到有一股子吸力，手难以抽回来。如果高朋讨厌谁，就会用额头把对方吃下去。

第六则超短篇

法语“déjàvu”，我们翻译成似曾相识，就是你觉得眼前的一切曾经发生过，又说不上来为什么。其实也包含你的生活素材被用光，只好重播。你活得够老了！你以为你就是几十岁吗？不要赖在这个人间了！眼前的事情其实已经重复过2万多遍了！平行世界也是循环世界。小宋说，其实我们已经好几千岁了，但记忆内存没有那么大，只能每次格式化自己的人生，然后重复再重复。每次碰到似曾相识的情况，就有可能是你能够回忆起前世今生的大好机会，甚至再用力想远一点，就可以预言自己的人生了。

第七则超短篇

小宋闯红灯过马路的时候，旁边有一对穿棕褐色棉衣的母女步履蹒跚。她心里想，反正也是先撞她们。果然，一辆水泥车疾驰而来。母女的身体突然变成透明的了，车子穿过她们的身体，直接撞到了小宋身上。下一次，有谁过马路的时候，就会发现小宋走在你前面。

奇怪的我的奇怪想法

为什么我们爱说不堪设想？

家长、前辈的很多警告和禁止，都会在所有话后面加一句：如果这事发生了，后果不堪设想。

然后对于乖学生而言，这件事情就结束了，没有去想，也没有去做。过着前辈们所知道的日子，所能够想象的日子，在安全线范围之内。临死才后悔。

该发生的，周围都在发生着，我们看新闻里面，什么百年一遇，千年难遇，世纪分手，世界级的和解。不是都看过了吗？然后呢？看看它们发生的后果，看看这些新闻之后，相关人过得怎么样。

我们一直在用一两个词来避免尴尬，但什么尴尬没发生过呢？

不知道海外有没有“不堪设想”这个成语，这个成语的核心意思就是让我们不要去试错。

反正结果不是我们能够接受的，别想那么多，就听我的。

没有试错，创新就只能在长辈能够想象的画面中进行。

可以预见，这样的心态，能够出什么新玩意儿？

为什么学渣也会有自信？

学渣如何在考试前获得自信？

对一条普通的微博段子记忆深刻，就是回忆那种学渣考试之前，明明还有一大堆东西要复习，但还是很痴迷地看着电视，不知道这谜一样的自信哪里来的。

最近不是提到短期记忆吗，这就是被短期记忆所控制的结果，重点被转移了。心里也知道一定有一件重要的事情要去做，但眼前有一件看似更简单的事情可以做。

可以做，是个可怕的暗示。然后大脑很认真地听取了这个意见，把它提为很重要的一件事了。

纠结的地方就是这样，你直接问他，考试重要还是看电视重要，当事人肯定会给一个大众都喜闻乐见的答案。这不是说谎，嘴皮子不允许他说出这么离经叛道的东西。如果没有人监视和催促，大脑就会纠正这种判断，人就会情不自禁地继续沉迷于电视机了。因为，看电视不费脑子，大脑天生排斥费脑子的事情。

有个杂志的摄影师，拍摄了一组小朋友看电视的画面，眼神空洞，不再思考，犹如被摄取了灵魂。如果有人拍我，想必也是这个样子。这是一种把控制权交出去的表情。也就是这样，那些经不起分析的电视购物才大行其道，让人燃起购买的冲动，货品快递还没有送过来，心里就后悔。因为在看电视购物时，那几个大字，让人在短短的时间里，心里面是真的相信，生活会更美好，自己会更快乐，不开心一边去，家人会更健康，所花的这点钱是非常值得的。这种表浅的催眠，累积下来，家里就会多出一堆扔也不是、不扔却占地方的杂物。收拾起来尤其困扰。虽然《断舍离》的中心思想就是一个“扔”字，但真的下得去手的没几个人，第一总想着将来有可能用到，第二可惜当初买入时所花的钱。此时此刻，拼命回忆着当时购买时的那种冲动。

但找不回来了，短期记忆是让人上瘾的负心汉，只有准备再掏钱的时候，才会兴致勃勃地出现，让人乖乖地再上一次当。

为什么分心
是人类最大的退化?

“分心”，千百万年来，对于人类来说是好可怕的词。我们一介啥都不懂的浑蛋总是喜欢代表一个大群体，代表人类说话。反正人类没多大进化，就是学会了分心。

以前一叶障目，现在千重消息照样瞎。因为分心而一事无成的人将会超过好逸恶劳的人，他们自以为很努力，看到很多资讯，学到很多新名词。但是因为另外的天分——懒和不专注，所以都是浮光掠影地假装自己经历过了。

那天看到一则评论，说追完了一个新番，在片尾字幕走完的那一刻，又觉得自己什么都没看。特别像是做了一场梦，细节都扔了。

这个症状我也有，只要不做笔记。

哪怕就是去听德云社郭德纲的相声，都会在散场的时候问自己，到底听了什么？可能会想起其中一个段子里面的一句话，但那句话单独拿出来是一点都不好笑啊。

人在某些时刻，就是会遗忘得连自己爹妈都不认识啊。然后只会拿起身边的东西，将就着看。所以才会有这样的案例。

人类，要逼迫自己专注起来，于是发明了宗教，发明了运动，发明了冥想，发明了安眠药。

嘴里的经文，念力足够，脑子里就不会乱，不会贪心捡身边的便宜。

会开天眼，看得见未来。

心静，摸到梦里面那个缥缈的轮廓，再用文字和其他表现形式给做出来，就会是厉害的作品。

我们在面对一些情绪的时刻，会难以自拔地专注，这是心中了毒。俗话说，鬼遮眼，你不想想都没用。

一个简单的例子，昨天吃饭，听见隔壁桌有一位样貌清秀的男子，一本正经地和自己的好朋友聊天。

他在单位的同事，人很好，就是不和他打招呼。

对，就是不打招呼。这位男子，在一个晚餐的场合，本来是可以聊更有趣的事情，但就是被这样一个同事给破坏了。重点是，这个同事毫不知情啊。

还有一种情况是，去饭店吃饭，我们催菜真的是耐着性子去沟通，服务员随口一句：“待会儿。”

只要他稍微不带敬意，就会让我们一桌人一顿饭都吃不好。哪怕后面上菜的速度很快，质量不错，最后还打了折，我们还是会被这个话语给恶心到。

更普遍的情况是，好友被甩，他怎么都想不开，你说了1个小时的道理，陪他看电影、吃饭、逛街、骂前任，就差亲嘴解乏了，他还是支支吾吾半天，反复问你：“我到底要不要打电话给对方？”

坏情绪就像电梯里面的屁，一下子就被感受到了，暂时还没办法逃离。

捂住嘴往往也只是表达，而不是最有效的解决办法。

这个时候，是需要出离心的。办法没有，出离心也是需要培训的，而我至今没有毕业。

为什么要屏蔽朋友圈?

屏蔽你的朋友圈是为了什么?

屏蔽朋友圈有两种方式：一种是不让对方看你的朋友圈，这个对方一点击你的账号就知道真相；另一种是不看他的朋友圈，这种除非对方拿你的手机，点开朋友圈，然后刷一下，说，咦，怎么看不到我刚刚发的朋友圈。然后点进自己的姓名设置那一页，发现被屏蔽了。

这个操作难度分好几级，实施起来也比较困难。除非对方是你的至亲，真的是亲到睡一张床上，手机密码互相知道的等级才能给破解，否则被发现的概率等同于他能几秒钟就打开你电脑里黄片的概率。

一开始，觉得屏蔽这个动作实在矫情，别人爱发什么，说些屁话，你滑过去也就滑过去了。后来才领悟过来，我们内心的脆弱程度是超乎我们的想象的，有点像我们的实际体重，也和想象中的不一样。

一句话、一张图，就能够被影响吗？耐不住一组图、一套心灵鸡汤啊。

如果大家都是一家公司的，再把自家产品营销到角角落落，这种封闭震荡式的刷屏，会让内心对宣传效果有种闭门造车的错觉。

一张海报出街，100多条，全是它。实际上呢，圈子外面的人完全不了解，甚至觉得你老发自家东西的广告，简直了。

默默把你屏蔽掉，也是不动声色的事情。

也有那种分好组，只有自家公司的人能够看到。当初说好的宣传效果呢？自己人看什么看，就是要拿给外面人看的啊。

不，有种发帖，叫只给同事和上级看，骗人骗自己，其乐无穷。

真实的效果，可能还不如你在QQ上的一句签名，说哪部电影好看，快去。

为什么世界已变成一个大硬盘？

这几天，大家都在玩小咖秀。

有人怕丢脸，偷偷玩，放到微信群之后，30秒后就撤下。

殊不知，微信电脑端有个缓存，如果有心人打开这个文件夹，这段视频是销毁不掉的。

撤销这个功能，真的只是防君子不防小人。

前几年，美国有个很热的APP：Snapchat。大致的卖点就是阅后即焚，对方传给你的照片几秒之后销毁。一时之间激活了大家互相传艳照的动力。

当我把这个软件的功能介绍给朋友，从中国人的思维逻辑上来讲，大家探讨的不是其中的乐趣，而是怎么作弊把这张照片保存下来。如果我们构想的作弊公式成立，那么我传出去的“艳照”有可能就这样被保存下来。

当时，有觉得咱们的心眼脏脏的，都不去默认这个世界的规则，当然也不想打破，出发点就是怎么从中获利，以及确保自己不受损失。

事实证明，我们的担心是存在的，没过多久，Snapchat被黑客攻陷，大量艳照外流。

再加上苹果Cloud的资料库导致好莱坞明星们的裸照也外泄，所以最基本的解决方法就是，不要拍这种东西，同时也要防范随时被偷拍。公共场所很难防了，那么多监视器加上行车记录仪，要逃避这些“辐射”，只能搬到很远很远的乡下去。

另一个角度，我内心是感谢生活中多了一些摄像头的。比起人言可畏外加人心易变，摄像头记录下的东西，至少可以避免那么多的冤假错案。打开台湾电视新闻，三分之一多的素材都是行车记录仪拍下来的，有人随意停车，有人故意叫嚣，有人胡乱超车。如果是平时拿手机来拍，都没办法记录得这么完整。

如若有一天，世界上的摄像头都串联到一个数据库，那么编辑出来的真人秀将精彩无比。我强调了“编辑”两个字，因为到处都是摄像头就意味着海量的画面，虽然被记录，但还是没有被发现和重视。

现在已经有类似的网站了，一间办公室，一个营业厅，一个小妞的房间，只要你点开，都可以直播。我没有耐心去观察一个个的亮点，只有在其成为新闻之后，才觉得非正常。

大部分时间，人在摄像头面前，没有意识到摄像头的存在，状态是游离的，没有表演状态的。这样的节目并不好看。所以腾讯视频最近的真人直播秀《我们十五个》前景不明，宣传的声势也低调了一些。

回到开头，如果你想保存对方已经撤销的微信，可以启用QQ浏览器的微信版。测试过多种形式之后，它似乎有一个bug，对方将无法撤销他的微信，且对方以为他撤销了，这就是黑暗点所在。

为什么
我不会画画？

这个痛点和我不会英文一样痛。

我也买了画板、画笔，下载了一堆收费APP。看见那种一笔就能画完插画之类的教材，都是全套全套地买。

这种心理就是来源于知道自己对画画毫无天赋，以及不想练习。

甚至害怕去练习，所以幸好没有去报班。看到那种寥寥几笔就能表达出自己想法的人，比千言万语还要厉害很多呢。就算画错了，也比说错了好自圆其说。

说错话，字字珠玑，是一个态度明确的东西；画画，除非是那种政治讽刺题材的，其他东西都能表达出一个人有一个看世界的标准。

画画，那种幼功是需要时间慢慢磨的。就是画一个苹果，都需要三四个小时。一个拿手机的成年人，做得到几分？做成游戏都不成，因为游戏需要的是刺激和超速（哪怕那种慢游戏，其实都是在调度一个超速的世界），整个节奏和画画是反的。

现在，能空出一个小时去跑步，都是极大的心力的付出了。还到处用手环记录自己的步伐，放到网络上，在朋友圈里炫耀。

现在，除了睡觉，谁能专注几个小时去做一件事情呢？就是开会、写报告，旁边的手机也是啪啪啪过来打扰你。所以才会有《秘密花园》那种让你涂色找到虚拟成就感的书籍吧。

还是需要大量的练习的，而且都是有想法的练习。

还是需要大量的阅读的，看别人的技法和用力的方式。

别说传统的绘画，就是搭配上PS等电脑软件，也要懂得先加入层，然后描边，然后渲染，最后去除之前的草笔。这几个步骤，就像隐秘的快捷键一样，除非你是熟能生巧，啪啪啪像个高手那样，在别人还来不及反应过来的时候就完成，等大家问怎么做的时候，你一下子也说不出来，就是这样，这样，这样……就好了!

我需要这样的练习。反复琢磨，试错，最后出来的作品，不为喝彩，就当成是徒劳。很多人当徒劳是无用的，忘记“徒劳”这个词最开始的意思。

徒劳徒劳，就是徒弟的劳作。

看似无用，但是既然作为徒弟，就要背负这种看上去无谓、无意义，实际上真的是无谓、无意义的劳作。

刹那间，“师傅”善心大发，无意中露出那么一两个真招。

就要在此刻，成长。

为什么我们
有时候希望失控?

我们不是一直在等着混乱吗?

这几天，才有机会去体验MP3播放软件里面那个乱序播放的神奇之处。

以前觉得，一张专辑有一张专辑的道理，制作者也是用了心思才这样安排顺序的。再加上之前用磁带和CD的习惯，跳歌收听这种技术上的飞跃，没有办法在第一时间享受到。

后来人的耐心变差，一种风格的调子，没有办法听太久，一气呵成差不多1个小时的吟唱，会让人崩溃，连整张专辑都被扣分，从此遗失了很多惊鸿一瞥。挑来挑去，从古典到摇滚，也就是半秒间奏的过程，居然异常地适应起来，且原来听不下去的作品，这次也能够抽出几首来琢磨几秒。我也很想像大音乐鉴赏家那样，用2个小时的时间，舒展地享受一部音乐作品。但是，真的没这个耐心了，这是我的退化。

连4分钟的作品，到30秒，还没有高潮感，就想按下一首的按键了。

喜欢上这个功能，也要归功于最近慢跑的习惯。

这一首歌不好听，下一首，可以挑到不错的吧，稍微等一等。

这个等一等，是在自己锻炼身体的时候，也就是跑步的时候，手实在抽不出来滑动机器，就被动地变得有耐心。靠这个，听到了平时找不到的很多好旋律。

乱序播放可以让我们把握于可控和不可控之间，这样，遇到一首好歌，和突然杀进一秒让你喷薄而出的画面一样，那分泌出来的快感，真不是这几段文字能够写完的。

为什么我们喜欢小王子？

每个人都想做有自己星球的小王子。

又发现冥王星了，又发现另外一个地球了，好像真能去一样。

先是有人推算，说我们现在看到那个地球的光，是1400年前发出来的，也就是唐朝那个时候吧。后来才知道，那个是文科生瞎计算的，实际的距离更远，更遥不可及。

真要出发了，是一趟令人绝望的旅程。

我们要做的，就是在朋友圈发一些牵强附会的PS图，显得自己文艺又孤独。

第二天，又会有新的新闻把这些事覆盖过去。

别说那么远的星球了，就是月球，已知的也只是才上去过一次而已。而且还不断地被质疑，那唯一上去的一次，也就是在地球棚里面拍摄的登月。

也有另外一股声音说，其实美国早就上去过了，还在那里建立了基地，把未来500年的能源都储存在了上面，等地球能源枯竭了，就是美国真正独大的时候了。

嗯，情节来自于电影《钢铁苍穹》，我总觉得有些战略储备是一定要做的吧。

说不定，我们中国也投资了呢。

说远了，想远了。

星际那么牵动我心，最后还得回大兴。

现在二次元，慢慢从次文化占领主流的视角。

也就是，大家心里藏着的那个梦，也越来越丰富和不可思议。

也就是，大家越来越想躲避现实。

日本的幻想力很发达，但回头在东京，看着地铁里那些上下班的人的脸孔，仿佛也不是很喜欢活在当下的世界。其实，在北京，看着地铁里那些上下班的人的脸孔，也没有精神到哪里去。

为什么能摔的东西越来越少了?

从前的人是比较有气魄一点，如果要挂掉别人的手机，可以狠狠地摔座机，一次两次，电话完全不会坏。还要注意分寸，主要是弄出声响，然后让旁边的人吓一跳。

生气的时候还可以摔书。如果地上没有水的话，一次两次，书也不会坏。

一般摔杂志，反正很快过期不会看，也会给回收站。主要是弄出一股气流，影响旁边人，告诉他们，我生气了。

甚至还能够把听音乐的磁带里面的磁条给拉出来，好长好长。越拉越有快感，想想里面都是好听的音乐啊。不好听的音乐，其实也是长那个样了。

拉完之后，如果想补救，自己拿个铅笔卡进去，转一转，看似也就恢复原状了。

说了这么多，主要是想对比现在。

如果想挂手机，对方最多听到一串“嘟嘟嘟”，挂机也是“您拨打的用户正在通话中”。

电信局也是越发伪善了，都不好意思告诉你已经被拒接了，一点、一点、一点气势都没有。摔手机，不是不可以。之后买新的，也不会倾家荡产。

但你会摔吗？你想都不敢想。你甚至在寻思，如果手机坏了，拿去送修，我有没有备份机。如果没有，中间的这段时间应该怎么熬。

光是想这个动作，就会让你整个人都没有气势。

在手游里面称王称霸都没有气势。

在微博上粉丝千万都没有气势。

在朋友圈里无数人给你点赞都没有气势。

能摔的东西还真是越来越少了。

为什么快感比幸福成本低？

有时会有这样的心理状态，明明那么多事情等着处理，却觉得当下没什么好做的。

这是一种拖延症，事多不压身。

内心急需一种能够迅速给出反馈的动作来满足自己的成就感。

最方便的就是游戏了，操纵各种工具来造成自己并没有虚度时光的错觉。

我们真的很怕待着，待着什么也不干，旁边再没什么人，恐惧感就更加强烈了。如果有人，要和他说些什么呢？

台湾直男喜剧演员郃智源讲过一个笑话：送一个男同事回家，男同事快要下车的时候，不知为什么眼神凝固了一下，盯着郃智源，可能在想事情。郃智源极度不适应，突然冒出这么一句：“要不要咱俩亲一口？”

可见，有话可说，是一个大家内心认可的才华。否则饭桌上那么多人，没有人来调节气氛，只好喝喝闷酒了。

老外唠叨是有先天培训的，他们的聚会就是三三两两站在墙角，闲扯都能扯上半天，发散中带点无意义。我们不一样，总需要一个中心人物，讲些八卦是非也好，煮碗心灵鸡汤也好，旁边有搭腔的和唱反调的，嘻嘻哈哈，时光也可以过去。

因此，网易新闻后面那些跟帖，很难在国外看到吧，管和自己无关的人的闲事，安全又低成本，还能泄愤甚至匿名。

爽死了。

只是这样的生活方式久了，就没有命体验其他更好的生活品质了。

为什么我们无法
阅读长篇小说了？

长微博加上GIF图之后又有了一个新的模式，就是图文解说一部电影或者电视剧。日本的《世界奇妙物语》被肢解了好几集，主要的对象还有一些恐怖片和悬疑片，大概花20分钟的时间就能够迅速了解一部戏。转发量几万几万的，大有帖在。我们好像找到了一个捷径，看图说话，以后还能在饭桌上假装自己看过这部戏，因为关键的戏眼真的是一目了然，感觉好方便。

很多年前，中国有一个电视栏目叫《环球影视》，专门介绍世界各国的电影，用旁白的方式把很多大片压缩到20分钟，只是在关键剧情的时候让角色说两句话。那个时候好爱看这个节目啊，1个小时能解决2部电影的信息量。现在做成网络视频，比如45分钟的《古剑奇谭》可以压缩成10分钟，再加上几句吐槽和调侃就够了。本来《第10放映室》是这个路子的，但近期做的都是在卖弄自己的观点，忘记单纯介绍剧情这事。

还有很多电影工作室的老大，会专门聘请一些人，到处看剧，然后缩减成关键的几句话和一段简介，一眼就能扫出这部戏的卖点，然后决定投不投，要不要跟，怎么配置导演和编剧。

也难怪，在美国，商业电影其实更像个资源公式很严格的产品，那些卖点新颖和导演技巧的故事手法，反而要到电视剧中去寻找了。因为，电视编剧锁定一个人，而电影是众多角色（投资方、导演、演员协会、编剧协会、编剧医生）角力的结果。

回到我们喜欢看“简介”这事，大家哪怕喜欢悬念，也没有耐心等它太长时间，想极速知道凶手是谁，笑点在哪儿，很快让我哭个不停，一戳就戳到心里。都是对“速成”的一种瘾。对电影、小说、故事都是有伤害的。

这就是这个时代，段子，140个字以内的段子，10分钟以内的阅读短篇……会流行起来的原因，酸甜苦辣咸，Q弹爽劲野，是成瘾性的需求。

为什么我们会这么喜欢升级?

为了好受，我们一定要升级IOS最新的版本。

IOS的升级其实是一个游戏。有人半夜就开始玩起来了，进度条和苹果LOGO之间的距离，也值得细看和玩味。

因为爬得太慢了，如果你还只是16G的型号，那就需要清空大部分软件和图片，才能腾出空间，安装一个好几个G的升级包。

这次经历，可能有商业阴谋，让每次只买最小空间的人心中有了警觉，下次一定要买有超大空间的版本啊。

每一次都会有阴谋的，这次升级可能也会把你的苹果机变得慢起来，让你觉得手上这台旧旧的，不好用，需要换。但究竟哪里慢了呢，说不出来，就是没有以前爽了。等个图标弹出的时间可能只是慢了0.2秒，眼睛是察觉不出来的，但就会感觉慢了。

就是那个超过人眼的高清显示屏，据说根本无法分辨。但你给每个人看一个高清的和一个不高清的，就会觉得高清的要好一点。为了这个好一点的感受，需要多花1000元左右，用那个高级的版本。

我们多花的很多钱，显得高级的部分，落实到机器的数据上，只是提高了一点点。

哪怕是坐个飞机，商务舱、头等舱的人会比我们早进去2分钟，空姐会先跑到他们那里嘘寒问暖（也就是多给一个毛巾被和湿巾，你要求一下也会给的）。这一点点微妙的东西，就是虚荣的感受，还有好受。

为了好受，我们宁愿去面对一个骗局，而不愿意花力气去改变，因为那真的是要花很多力气的呀。

为什么好奇心
不能变成行动力？

作为一般人，就是把笔记本电脑丢掉，我也没机会拆开看看里面到底有什么，只是关心当初存在里面的艳照有没有删除干净。

作为一般人，我从公司到家，就这么几条路线，多走几步的动力都没有。所以，如果不被提醒就不会知道，居所附近有远近闻名的素菜馆和一些全国闻名的大风景。真的才几步之遥，但觉得和自己无关，就是听说了，嘴里一声“哦”之后，也就没了下文。

以前的以前，有个同事，每到周末的时候，就会和一帮联盟玩一个游戏。就是凭借一个单词和线索，去寻找广州城里已经隐没掉的各种玩物和风景。一天下来，就算“一无所获”也很满足，因为用这个借口，去了很多平时不去的地方。这种健康的好奇心，因为需要行动力和体力，大部分人还是习惯于停留在嘴巴上，企图通过一句为什么，打听到一切他想知道的八卦。

我会控制住自己的无谓好奇心，目前的成绩是，看到电视剧因为设置悬念而增加的广告口，我的情绪不会因为这个受控制，既不关心男主角到底知不知道女二号在使坏，也不关心婆婆的秘密有没有被坏秘书发现。这种悬念，人们都会忍不住关心，这样才能让各种家庭剧反复播上成千上万集，把这种好奇心割掉之后，会逐渐变成冷静的人。

求知欲被遏制之后，以至于我今天没有去成北京的故宫等地，不知道北京每个地铁站口到底长什么样，三里屯到农展馆背后那条路是宽是窄，公司东西南北四个门是不是只通了三个，H&M的降价商品中有没有当初看上的那件外套，服务员到底有没有往我们的菜里吐口水……

大脑想休息，每当你要深思外加行动的时候，它会给你预判一个比较差的结果，让你学会到此为止。但不动身体，只需要嘴皮子的时候，它又开始变得无边无际、无底线。各种脏心眼、坏想法冒出来，又随时被遗忘掉。因为你连站起来都懒得动了，再脏的心眼，也就止于意淫这个阶段了。

为什么有些超市的可乐就是要好喝一点？

其实来讲，可乐的差别是很难放大的，只要放进冰箱的都好喝。有些无良超市以为天气凉了就可以把冰箱的电停掉，路边的农民则喜欢把饮料放进冰水不再用电冰箱，这真是对冰饮的一种羞辱和鞭尸。对于一个有可乐瘾的人而言，心目中还是有一个地方，从那里拿到的可乐就是比其他地方好。这个和个人原因有关，太私人的体验，放到别人嘴里，真的说不出什么差别。

第一名是我健身房地下的一间超商，不知为啥，在那里拿出来的可乐就是冻得刚刚好，不会结块，又舒爽人心。售价比一般超市，甚至7-11都要贵上1元。我都心甘情愿地去买上一瓶，不敢马上打开，一饮而尽，而是多走两步路，到扶手电梯上的时候，才啪地打开。就是声音都是干脆利落的。

因为我每次都是健身结束后来上这么一瓶，身体已经渴了，口感和体验自然会比在其他地方的要来得棒。我自己也试过在家锻炼完之后，从冰箱里拿出可乐喝上一口，感受很棒。

但那个第一名是难以取代的。

中间也包含一些回忆吧，大都是不错的回忆。因为喝完可乐，走出商城，接下来安排的节目大都是逛街、看电影之类的，所有的搭配，都是有助于人真心休闲的部分。包含在整体的回忆里面，分值就会高了。

可能也就是说，如果我在家饥渴难耐而特地打车去这个超市买上这瓶可乐，口感未必有多好。答案其实是，口感会一样。

大抵因为记忆已经被置换了，当你置身那个超商，很多触点被告知有相同的激活元素，你喝到嘴里的那一口，不管你之前有没有健身，是否真的饥渴，之后是不是真的要去看电影、逛街，真的不一样。在手扶电梯上的那一口可乐，同样是会唤起小确幸的。

所以，我很少叫外卖，很多体验外卖做不到，它带来的就是一盒“尸体”，是最后咀嚼的部分，连基本的容器都很难让人愉悦，更别说还原美食的享受度。要吃什么好吃的，就千里迢迢去那个有点脏的小摊子。

为什么保安动不动就爱吼人？

在十字路口和朋友聊天，除了穿隙而过的行人，就是偶然会出现的清洁工人。清洁工人当然不会正面看你，他的目光总是盯着地上，但是他会慢慢挪来挪去，用扫把将你和朋友分开。一次两次你觉得是巧合，三次四次你觉得是清洁工人故意在针对你，五次六次你就认为甚至有人假冒清洁工人在偷听你的讲话。阴谋论就是，他们就是国安部门布控的一道防线。因为他们的行动路线太一样了，从街道上，到健身房。早不扫地晚不扫地，偏偏趁你在跑步的时候，开始猛擦跑步机。你说眼前这么一个身姿，真不是什么可以让心情美好的动力。

我猜，这个属于一种职业上的快感。

通过他的“打扰”，让周围人感受他的存在。这个是无意识的，任何人都需要交流，身体让他们靠近陌生人，影响陌生人，哪怕起到的是打扰和骚扰的作用。分寸很重要，初级的这种交流，大部分人都不会在意，最多是脸色上的不快。

另外一个职业，可能这样的现象更明显一些，那就是保安。

当一个保安有机会对你进行盘查的时候，他的内心不再把你是否值得通过当成重心，而是以一种俯视的态度让自己的自尊获得满足。所以就会出现他刁钻的问题和手续复杂的需求。他都不希望你赶紧走，而是越来越狼狈不堪地逃走。这个会成为一种瘾头，一旦碰到他认为身份不如他的人员出现，这种寻求心理补偿的需求就会自动冒出来，生理性地让保安的嘴脸变得难看又势利。

可能这个男的回家是个好孩子，甚至回到宿舍之后还会奋斗读书，且是一个内心充满梦想的人，但一旦保安服穿上身，站在门口守卫，门外很多人翘首以盼，一旦身形低到尘埃里的人出现，他就会来这样一个角色扮演。很少有人能够跳脱那些所谓的“脏心眼”。

说到底，也是交流上的需求。他需要获得满足感，跟热门饭馆服务态度不好的前台的心理机制差不多吧。

一个平时权威得不到施展的人，一旦获取某种稀缺资源，比如难以逾越的大门，很难订到的餐位，拥有热门手机优先购买代码，就会大展拳脚。

大家都一样，换我，嘴脸说不定更丑。

为什么我们总是怀疑自己没有锁门?

如果在一个地方上班够久，你心目中就会有一个默认的午餐。这个午餐价格是其次，主要就是方便快捷，合自己的口味。下楼就能吃到，上菜很快，吃完之后感受不坏。它的最主要的作用就是，无须思考。一旦涉及要吃什么、和谁去吃、远不远、停车方便不方便、吃完之后会不会一身味儿、周围人长得好看不好看，就会很头疼。

而这种默认的午餐，就等于把所有体验都浓缩成一个可以接受的标准。目的就是让它快快地过去，不要纠缠，不要投诉，不要有后顾之忧。谈不上美食，就是一顿午饭，吃完就忘，到了晚上可能都回忆不起来自己吃了什么，反正有了这道程序。

没有就好像缺了点啥，有也可以选择删除。

以前鸡汤文里面说过，想不起来的都是幸福。仅就这个例子而言，我不同意。且我现在也不会把总是想不起家里房间的门有没有锁而反复去确认当作强迫症的一种。估计是锁门这个流程每天都太相似，大脑将其当成身体记忆的一部分，而不再归为情感记忆和故事记忆的部分。所以回忆起来，一片空白，像是档案被抽走了，无影无踪，没有证据。

拿大妈打毛线来举个例子。其实打毛线是个极其复杂的动作，需要一环扣一环。但又属于极其规律的动作，大妈熟练之后，单靠手的记忆就能够完成打毛线这样一件事情，大脑可以空出来和旁边的人聊家常。你突然问大妈，第23针属于上扣还是下扣，大妈是无法回答的，因为身体记忆无法调用瞬间的数据。

同样的事情，在工匠身上也特别明显，他无法逐字逐句教导你某个器具的完成过程，就看一个玩意儿放在手中，这样、这样、这样……就完工了。厉害的是他练习过千百次的手艺，而非大脑。

所以当锁门变成身体记忆的时候，完成就是接近于机器的状态。这也说明了，每次回去门都会被锁得好好的，比我们自己大脑的出错率要低得多。这个和强迫症没有太大关系，也和你相不相信自己没有太大关系，而是属于练习的范畴。当然，从关门这个动作上来说，从来没有好与不好之说，只有锁上与否之说，所以迄今为止，也没有出现什么关门大师。

为什么前任
那么难以忘记？

《临时同居》是个半路出家的香港导演拍的电影，里面当然有很多不成熟的地方。但最让我心塞的一个细节，就是胡杏儿饰演的前任在关键时刻帮了张家辉和郑秀文一把。

这种前任的“祝福”，在我看来，比较稀有。也有种希望你更好的含义。真的很难得，是那种你明在面上，大家都会说漂亮话。但自己真心遇到，大都会转头不理，或者顺便踩上一脚。分手后还是朋友，在某些人身上完全没法成立。就像两人之间，只要不太丑，就一定会发生点什么一样。好丑的现实啊！讲大道理的时候，真会觉得自己会选择从善如流，你好我好。真碰到的，没几个能扛得住。这种心瘾，并非自控能够解决得了。

比较好的办法，真的就是老死不相见。不见，重心就转移了，可以假装放下。真见着了，赶紧闭上眼睛，让眼前的人赶紧过去，之后当什么事情都没发生过。

忘记一个人，不是删除对方所有的联系方式，杜绝和其朋友之间的往来。以这种方式忘记的，往往自己就会忍不住倒贴回去。比较有效的方法，还真是让一个人走进你的世界，成为你的重心。但明明还在疗伤期，刻意让别人进进出出，有找备胎之嫌。清醒过来又发现，新来的，未必是真心喜欢的。好难啊，好难啊，好难啊，好难啊！转移重心，但不要在同一领域转移重心。可以工作成瘾，旅游成痴，跳进数码世界的海洋都可以。

我之所以写这么多，是因为并没有在那个当下。就像感冒好的人，永远不知道感冒时有多难受。哪怕他曾经感冒过，他最多用一种形容词，但真的已经记不起感冒的真实感受了。

为什么我们不爱在家看书、看电影？

看到网上有人感慨，说是大家分享了那么多厉害的书籍，数目可以算作一家小型图书馆了，但全部都是PDF版，导到Pad里面还费那么多精力，不能随手翻阅，打开就看，多没成就感和体验感。

如果不想读书，这个理由证据确凿。别说读书了，就是还在DVD的年代，我们把一张盘送到机器里面去读，这个动作都让人宁愿拿着遥控器，看看电视台播的那些带着大段广告的电视剧。

打开柜子，找到一张碟，抽出碟来；打开DVD电源，把碟口弹出来，放入碟；等读的时间，把电视机打开，切入DVD的模式；等待出来，再按播放键。整个过程，机械难忍。

但如果有个人去替代做这些事情，又是能忍的哦。

伴侣之间，到了某个时期，真的会开始计较这些事情，你是不是主动去帮忙换碟，去冰箱拿零食。

随手就能完成，让人有了享受的快感。

如果亲自送碟，打开电视机，快感会减半。

心思一动，消耗半成功力。

我是绝对相信有人害怕在家弄那么复杂的家庭影院，而千里迢迢去电影院，买上饮料，坐在位置上，等电影开始的。充满仪式感，又不费那么多心思。还能和同影院的人欢笑同乐，悲苦同哀。

一场电影下来，好像真的感悟到了什么，和在家晃晃悠悠看了半出戏，觉得浪费人生，完全不一样。

3个月前，看到有人在网上分享什么电影全集，所有日剧打包之类的链接，还会兴奋半天，也到处转发给同学们。这些链接都是真的，速度也很快，看起来也方便。但是最近我开始意识到一件事情，就是我基本上不会点进去看。我就像一个大款买了一座空屋，打算做个图书馆，搬进来全天下的书籍，然后告诉世人，你看，我有。然后再也不会迈进去一步。而需要看什么时，还是从其他渠道和朋友嘴里临时获得。

精彩的东西太多了，你都不知道你收集了些什么。

我们看到微博上别人新发现的截图、字幕精选截图、bilibili弹幕截图时，恍惚记得自己看过某部戏，然后就当自己已经看过了。

手机也是这样，厂商告诉你有64G的空间，结果自己的系统占了30G，加一些一辈子不会打开的又无法卸载的APP，你最后能存点照片和视频的空间也就10G左右。你根本不知道你存了些什么，但在和别人聊天时，还是会说，咱的手机是64G的。

有意思的是，大脑外包化早就不是一个新的课题。

拿记电话号码而言，读小学的时候，有人炫耀自己能够背诵班上所有同学的联系方式。有了通讯录这个东西，有人连自己的号码都说不清楚，也被视为正常。大家交换电话的方式都变成你搜搜我，我把手机给你，你打我手机。

所以现在和一个年轻人交流，想要了解他头脑里到底知道什么东西，如果没收了手机或者笔记本，通过记忆来写出些什么，是不公平的。

现代人，最强的技术不是能背诵多少东西，而是拥有一套迅速搜索和整合的方法论，不看稿子侃侃而谈当然值得称颂，但凭借工具，一个人就强大得像是一个团队，也是让人称羡的技能。

不要去假想什么突然长期停电啊、乡村野外无信号的特殊情况，那种不是生活的常态，我们大部分时间还是在各种电子设备面前的。面前那么多“云”的资料，能够肆意摆弄，随心所欲地迅速知道自己想知道的东西，人类的巅峰状态将无以复加。

问题是，我们知道我们想要的是什么吗？还是商家、别人、长辈、同事的种种提醒，来告诉我们自己想要什么。这种提醒，会不会夹杂着你不知道的私心，让你在决策时走向别人想要的方向。

结论：还是要多读书，通过多种渠道，去多看点东西，走远一点，世界也大一点。

为什么出差时
每个城市都差不多？

出过差的人，总觉得没有去过那些城市。

记忆中，就是机场、班车、路途、目的地、麦当劳、商务大厦……

去了10个城市，和去了一个城市一样。

甚至和没有出差一样。夜色降临，溜去当地的酒吧，连推销啤酒的小姐都穿得差不多暴露，空调被调成25℃以下，Wi-Fi密码就是店名的全拼字母。你说累了，有点上火，不想喝酒，对方一歪头，那就来罐加多宝吧。

甚至你飞十几个小时，到加拿大的中国城里，都可以遭遇氛围相同的生活。

一方面，离不开的天堂就是地狱；另一方面，稍微不舒服，你就想回家。

家是熟悉的，打不到出租车，心里还知道哪一路班车可以绕回家，甚至打扰朋友，让他来接自己一下。肚子饿了，前面多走几步是一家湘菜馆（或者星巴克），可以坐下来稍微等一等。

现在这种熟悉，在其他几个大城市也能找到了。

你还可以打开交友软件，现场认识几个。当然，对方可能并不想认识你，他们只是在打发寂寞。你们不想见也可以，互相打屁股说些下流的小笑话，几个小时也就过去了。

所以有朋友说这些城市太轻浮了，他们要去厚重的地方，中国西藏、尼泊尔、不丹、罗马……认识一些传奇人物，哪怕对方只是和自己共进一餐，听着那些不知道是不是杜撰的故事。千里迢迢听人讲诉他如何和鲨鱼格斗，比坐在家里看国家地理频道要牛X多了。

想想这个开场白的对比：

我在喜马拉雅遇到一位上师……

我昨天在电视上看到一位主持人说……

哪怕他们说的道理都是差不多的东西，但是，内心的区别是，自己千里迢迢，付出体力、金钱得到的金句，就是比电脑屏幕上刷出来的段子要来得沉重和值得记忆。

所有城市从来都没有轻过，只是大家伙还是愿意舒服地浮在上面。

为什么明星容易有怪癖？

英国有个动画叫《英国贱人》，其中一集，塑造了一个真实的角色赛门，也就是《美国偶像》和《X元素》里面的那个毒舌评委。动画有个巧妙的设计，让毒舌和一个小男孩共处一室，甚至是桑拿房。最后小男孩告发毒舌，要在法庭上说出真相。真相就是：毒舌只是需要一个倾听者。他只是躺在小男孩的腿上，述说观众如何不理解自己，自己已经为电视节目做出了多大的贡献，哇啦哇啦……

可见我们以为明星们能有多淫乱呢。爆出来的种种新闻，也逐步加深了大众的印象。追究起来，都是明星的行动被限制后，研发出来的各种怪癖。倒不是有人囚禁他们，而是他们觉得自己无法在公众场合以一种无名状态来吃喝玩乐了。不方便，索性就找身边人下手，所以同行之间都有过亲密的关系，是秘而不宣的。事后还可以对外宣布，都是好朋友。你身处其中，并不觉得异常。一旦变成局外人，就有机会渲染成难以启齿的绯闻。我们都是别人眼中的怪咖，无人生还。

为什么水逆来了会倒霉?

越来越多的提醒，都是打着为你好的幌子来的。

听上去都是一些生活的常识，有的很权威，有的是自己亲身试法的提醒。就像水逆。

有段时间，朋友圈上有人晒自己的不幸遭遇的时候，最后都会怪自己身在水逆当中，有种总算找到凶手是谁的泄愤感。以前星座大师们还没有提及这个概念时，如果也真倒霉的话，那就默默吞下去吗？也会有一些对象让我们去“栽赃”的，属相相克啊、风水不对啊、星象异动……任何一个让大家排除是自己的因素造成不好结果的说法，都是受欢迎的。

本来只是路上的一道小坎，你就当命中注定我要摔，摔倒之后不愿意起身，舔舐自己的伤口，伤口越舔越大。要知道这是有瘾的。刚开始抱怨的是事件本身，抱怨上来之后，就是絮叨细节的开始，喋喋不休，欲拒还迎，越说越像一个人的脱口秀，永远没人爱听的脱“垃圾”秀。

一开始，“水逆”可能只是一种让你放下寄托的说法，目的就是让你不要去过分追究。但当人“爱上水逆”之后，一发不可收拾，动辄就是水逆惹来的。用吸引力法则的理论来讲，这个人会越来越倒霉。因为他满脑子都是各种糟心事，无法自拔。

所以就算有些事真的是针对你而来，也不要去想太多，第一要紧的，就是让它过去，不再复发，吃点亏。也就当买个心态放松，不引发同类事件的连锁反应。

为什么我们想要这个世界记住自己？

骑车回公司的时候，路过一片有槐花的小道。有一朵槐花掉在我的腿上，而我的脚一直蹬着自行车上下。有那么十几秒，我的腿部保持着一种奇妙的平衡，让这朵槐花一直停留在腿上。一直到下一个十字路口，我需要刹车，腿便向下倾斜。花自然就掉到地上，和成千上万的槐花兄弟聚在了一起。

其实，我不是想说这个画面有多美，而是如果我不写下来，或者我压根就把这件事情给忘记了，世界上就不会有人记得这么一件琐碎的事。

我有一个朋友，很多年前，他就在担心自己在这个世界上消失之后，不会被人记得，哪怕身边那些亲戚，怀念过后，也还是要过自己的日子。没过多久，自己的形象越来越模糊，甚至于具体叫什么，在哪里待过，做了些什么，都会被他们忘记，这让他沮丧万分。

前几天，又看见他在朋友圈留言，说是参加至亲的葬礼，觉得自己的身体也走了一部分。这么多年了，这个阴影，他还没有走出来。

不仅是他，我们都没有走出来。

每天，世界上都发生着各种影响未来的新闻。甚至我们去看每一部电影，都能从中得到一些启发和让人惊艳的金句。但是第二天醒来，第一件事情，还是要上厕所，还是担心路上堵不堵车，昨日那些伟大与诗歌都会被覆盖，一直到稍微松一口气的时候，再度冒出尖来，让你觉得自己不只有苟且。一定要记住让这个世界记住自己的那些事情吗？我到很大的时候，连爱因斯坦和爱迪生他们做过的事情都混淆不清，我也搞不清花木兰和穆桂英造型上有什么区别，你让演李逵的和演张飞的站在一起，我也会花眼。

让伟大依旧伟大，我们还是我们。

我也担心自己消失，但不想去细想。这是大脑赋予我们惰性的一个特征，随便找个能说服自己的理由，这事就不再追究。城墙上的影子就是鬼，而不是雷电交错后的光影原理，后者太复杂又偏向误区。知道真相有什么用，还不如贯彻一种善恶有报、天理轮回的思维，让路人心中有敬畏，谦虚过日子。

这就是文科生的思维，有点想省力，又赋予一些妖媚的幻想，讲出去还受欢迎。这个世界，看故事比看科学的多，百姓记得白素贞，比记得八代之外的亲戚名字，要牢固得多。

为什么我们喜欢传播谣言？

世界杯或者某个彩票开奖期间，听到最多的故事就是有个之前的倒霉蛋，因为胡乱押注某一场号码，结果发了大财。这个发财的人，从来都不是我们的朋友和直系亲戚，全部都算是朋友的朋友。

即便是身边人，也是输多赢少。对于这种朋友的朋友的故事，现在只是多了一个世界杯的版本。如果在平时，那就是谁随便用一个生日号赢得了500万大奖。仔细想想，现在500万也就在北京二环买一个一居室。但是讲传奇故事的人不管这些，他们关心的是突如其来的幸运。

这种故事长盛不衰，依附于某个热门潮流。也有些故事专门依附于一些职业。

比如大家提起保姆，我就不止一次听人说自己家的保姆趁自己不在，偷偷用家里的浴缸洗澡，反正就是尽情使唤家里物件。

比如服务员，我也不止一次听人说服务员不开心的时候，喜欢往菜里吐痰，而且你还发现不了。

最近几年，大家都喜欢去泰国。而我老家的人却一直按捺着不动，询问原因，原来他们之间一直有一个传说，说在泰国，要么会被抓去阉了当人妖，要么就是砍掉四肢，当珍奇的人彘巡回展览。这种传说，倒不是指飞到曼谷在旅游区玩的游客，而是穿越云南边境，暗藏着各种东南亚的神秘和残忍。先不管这事的可信度如何，我觉得老家的朋友对自己的姿色还都挺满意的，觉得一去泰国就会被看上，然后被阉割当人妖。殊不知一台变性手术的费用，是当地自愿异装癖者要卖淫很久才能赚来的。真不是一去咔嚓一下，第二天就敷着伤口，背后绑着孔雀羽毛上舞台的。

我们喜欢谣传和自己看似很近的传说，真心追究起来，大家又觉得索然无味。只要是和发财、色情、死亡有关系的，再假的传说，都有人绘声绘色地给你演绎一遍，好像自己的平淡生活也陡然戏剧化了起来。

为什么我们喜欢把事情拖到最后一秒？

公司的房间是那种玻璃感应门，你用卡感应之后，就会自动打开。被打开之后，缓个三五秒，再自动关上。有时忘记带卡，就趁这个缓冲期冲过去，会有种爽快感，像占了多大便宜一样。

有时还会出现，后面也有人想跟着你冲过去，但是时间短暂，只有你冲了过去，听到后面各种懊悔的抱怨和尖叫声。似乎是那个场面：2012的诺亚方舟，船舱即将关闭，一步迈过去之后，就能生存。

还有那种，心里有个武侠戏剧梦，在玻璃门关起那一刻，就有小龙女和杨过生死离别，还要尔康伸出手，大喊：不要……想起来就催泪。

偶尔问问那些最后一刻才赶上飞机的人，内心其实是，除了喜欢大喇叭大声呼喊自己的名字以外，还有那种处理危机时，肾上腺素上升的感觉。连带着虚荣感，让人欲罢不能。这也是为什么我们会对拖延症有了依赖感。

是不是试过，很多案子、作业、PPT都是拖到最后一刻，最后一夜，最后3小时，最后10分钟，怕就怕侥幸过关。

这就会给内心埋下一个意识，老子天下第一，就是快准狠地完成了任务。

下次再来什么事情的时候，大脑就会告诉自己，不要着急，后面还会赶出来的。问题是，这种思维会像一个负担，一直压在脑海里，之前即便什么都不做，也是会累的。要么马上做，要么拒绝。秉持着这样的原则过上20天，人生就会呈现出不一样的气质。

信我，虽然我也没做到。

为什么有人
会成为人渣?

听一首伤心的歌曲，注意力就会放在那个被分手的人身上，怀念对方的味道，品味过去的甜蜜，痛哭各种失去。那个离开的人，变成了一个模糊的影子，供大家痛骂：负心汉！极品！人渣！几乎没有人去问，那当初你们为什么会在一起？怨妇情歌就厉害在这个地方，充满细节的怀念，却对当事人可以做到一无所知。

如果被分手的这位其实是个泼妇呢？其实她是因为暴力倾向而被甩的呢？说不定是她劈腿在先，然后再装可怜的呀？

没人会问这么傻的问题，因为伤心情歌不太需要完整的前尘往事，它只需要表达出足够的伤心就够了。至于和写歌的那位是不是有一些没有说清楚的部分，听者、K者都无所谓。他们心里的独白都是：这首歌就是写我的呀，我要唱，谁也不要跟我抢！谁掐断我就和谁拼命！

说到底，一首歌，不能被当作一则新闻来对待。情绪，是第一位的。

好的，我们要追究的是，那些分手的案犯哪里去了？他们是不是也有一些想说的话？他们如果得知自己其实是大家心里鞭挞的对象，是不是要稍微申辩一下？

有可能成为人渣之前，他们也曾经是情圣、小清新、许仙和董永啊！就像故事里的陈世美，如果故事在他报考功名之前结束，就是一则简单的夫妻双双把家还的社区报道。

这里从来不想给任何反派翻案，他们该待在十八层地狱，该被因果报应掀翻。我们就只是抽取他们“变坏”前的那几天。

看看到底发生了什么。如果你我身处他（她）的处境，做出来的选择说不定更加不堪。何况，每个人都有机会变成别人嘴里的人渣。

为什么受伤的总是我？

现在说这种话的人，都想不起这曾经是林志颖演唱过的一首流行歌曲，反正说起来特别上口，感觉也是相当应景。就像将爱情进行到底，早就不是一首歌了。

记忆力这事不光跟年龄有关系，跟精力也有关系，和我们的记忆习惯也有关系。但不要太信任自己的大脑，它有时不会挑重要的事情去记忆，而会挑那些让你难受、不舒服、绝望、无助的坏情绪，狠狠地记下一笔。

墨菲定律看上去很准，一句话解释就是：怕什么来什么。

水逆听上去也是各种灵验的，回忆起来，一天到晚倒霉的事情真多!

换个角度想想，如果不是这些小倒霉，我们能记住吗?

如果不是堵车，我们能记得住今天的交通情况吗?

回家顺顺利利，谁还有空去想为什么这么顺顺利利呢？

如果不是丢了钱包，我们能记得住今天晚餐花了多少钱？（因为跟同事借钱来应急，又不敢去贵的餐厅，随便找一家兰州拉面解决了。）

但是你怕什么呢？咱们就会忍不住去想，好多细节涌现出来，越来越具体。最后真的发生了，心里就会想起那句不算民间俗语的俗语“好的不灵坏的灵”；那句星座运程书说你就理所应当倒霉的话；那句老人家说过羊年就是这个样子的预言……

真是无语问苍天，我又没做错什么，对朋友义气相挺，对公司问心无愧，对家人照顾周到，对社会五讲四美，为什么会这么不顺呢？

这样，先不去找原因，每个人身上发生的各种事情的确存在着各种概率。我们先去回忆一些常有的思维模式。

我们能用1000个字来形容天堂吗？鸟语花香，绿草丛生，大家快乐地奔跑，阳光温暖地照在自己身上……

反正我写到最后，有点像一些海外移民形容某国的口吻：好山好水好无聊。

我们能用1万个字来形容一下人间炼狱是什么样子吗？不用引经据典，“十八层地狱记”几个词一下子就蹦出来了，刀山火海、百鬼夜行，反正很有层次就是了。但丁的地狱图描写得也更加具体和有代入感。

写自己的孤独，写自己的心痛，写自己的放不下，10万字是打不住的。因为，自怨自艾是可以上瘾的，不管你听不听，说起来就止不住，跟细菌繁殖速度差不多。

央视采访路人，问你幸福吗。答案可以成为一个个段子。

我们换个问法，问你心里有什么苦，那可就复杂和多变了。

每个人的苦水都值得大书特书，都不用点拨和提醒，讲出来都是闻者伤心，听者流泪。

这么说吧，我们的内心是一片湖，糟心的事，轻轻浮浮的，动不动就漂在湖面上，非常显眼。要清理，还要想方设法跑到湖中间，一点一点收拾。开心的事，就需要全身心放松，沉到湖底，去触摸那些会产生幸福感的事物。且因为不能长时间在“湖底”呼吸，触摸幸福的时间通常非常短暂（据说人一辈子正常分泌的幸福感是有额度的，不是说来就来）。

我们再换个角度。一场聚会，我基本就能记住两件事情：第一是谁讲了什么笑话，第二是谁迟到了。尤其是第二种，迟到的人都会变得面目可憎，哪怕这个人颜值还行，但这种不尊重，会让人把恨文在心里。同样是这个人，他为人OK，送给大家不少小礼物，但就这么几次迟到，会扣掉不少的信任分。之前那些周到和人情，全部被否认（除非这个人习惯性埋单，那大家也只是把他当作金主，而非好友）。

总结：有意地训练自己记忆的重点，对糟糕的事情用一种翻篇的心态，赶紧让它过去，敷衍也好，麻醉也好，就是不要往心里去。

哪怕脑子里一万条理由支持你，觉得你是对的，但只要认定你是委屈的，这种想法就要翻过去。

习惯性地对美好的事物有具体化的想象力。喜欢包包的就去想名牌包包们的纹路；喜欢颜值的就去想男神女神突然抱住自己的画面；喜欢好吃的就去想咬下那么一口时的满足感；喜欢睡觉的就打几个哈欠，让睡意上身。如此这般，乐观的思维模式建立之后，感受可能就不会那么糟糕。

信我。

为什么那么爱写新年计划？

不建议写新年计划。根据不完全调查，也就是我身边那么七八个人，他们连早睡早起这种每天都可以做的事情都做不到。这种一天的活动都控制不了，还怎么去整理未来一年要做的努力呢？

有一种新年计划，本质上应该叫作想得美：想抹掉过去的种种坏习惯，以为一醒来，就有机会成为全新的自己，对美食、甜品、人体、虚荣、iPhone都不再有欲望，正能量充满全身的同时也无欲无求。

好的，姑且就认为这一次是认真的。就和我们说这一次恋爱是认真的语气是一样的。这一次是真的充满了电，1月1日做足全套，锻炼、交际、写作、摄影，还看了两部电影，每分每秒都利用得充充分分的。但注意，我们充满的电是新的，但装电的电池匣是旧的。

两天后，当身上的倦怠跑出来，“人生得意须尽欢”几个字就会填充大脑，放空就像病毒一样，拖住整个身体，让我们无法动弹。又恰恰，两天三天，是很难出成绩的。跑两天的步，你基本不会瘦2公斤；写两天的文章，也很难让自己变成文坛新宠；在繁华闹市酒吧待两夜，更难遇到什么真命天子和梦中情人。胡搞两天倒有机会，但更有机会的是人财两失，精尽人亡。

躲在家里看美剧，倒有可能，看完之后误会自己心里被填满了，电影人生波澜壮阔，虚构出我们这两天的休息，似乎真的做了点什么，可以说出口。

两天后，就要上班了。这也是我们开始撕毁新年计划很关键的一个节点。因为此时假期的结束会导致一种心理生成。

遇到这个时间点，放假结束前，我们思考的比较多的是，上班第一天路上堵不堵，天气好不好，应该穿什么，同事会不会背昨天朋友圈亮出来的新包包，有什么炒股的内幕消息，热爆微博的话题自己有没有错过，要不要在新年后返工第一天就和其他部门的人大打出手……庞大、系统、有条不紊的新年计划在以上这些琐碎的情绪映照下显得弱小极了，难以变成优先考虑项目。毕竟2016年还剩300多天呢，不急。

不急？咱们回想一下2015年元旦之后那几天是怎么过的。很可能已经彻底决定了我们2015年到底做了点什么事!

为什么追求极致的正常就是最大的变态？

好像有个大家都知道的实验题，一个著名的选择题，说有以下三个人：

候选人A，有婚外情，是一个老烟鬼，每天喝8—10杯的马丁尼酒，而且跟一些不诚实的政客有来往，还常咨询占星学家；

候选人B，大学时吸过鸦片，每天傍晚要喝一品脱的威士忌，每天要睡到中午才起床，还有两次被解雇的纪录；

候选人C，素食主义者，不抽烟，偶尔喝一点啤酒，没发生过婚外情，还是一名受勋的战争英雄，并且在战场上绝对坚强，不怕死，不怕疼。

这样的三个人，你会选谁做领导人？

很多人已经知道不能选C，因为C是希特勒。而B是希特勒的死敌丘吉尔，A则是同时代的美国总统富兰克林·罗斯福。

反正这个故事大家知道的，普遍程度已经让我觉得这个题目是心灵鸡汤大师写出来的，已经像“小马过河”的故事那么普及了，但我还是列出来了。

我究竟想说明什么呢?

首先不要上升到宽以待人，也宽容自己的这个高度。

我只是想表达，正常是一件特别难的事情。

最基本的，四肢的发育正常，身体不能有明显的缺陷。否则，你在儿童时期就会收获奇奇怪怪的外号，说话都不能带乡音。

然后，按照那个所谓什么年龄该干什么事情的表格，都顺利通过，工作、恋爱、结婚、生子，不如意也要按照这个顺序去完成，否则就会被传出各种闲话。各种直男癌、繁殖控就会指指点点，说违反天性，和全世界作对。我这里不想对那些三姑六婆做出更多的反击，否则逐字逐句地针锋相对，2万字下不来，且吵完之后他们还是会说“反正你这样就不正常”。

不正常是多大的罪过呢？我们多多少少都会有点不正常的。

这句话不能搬出来，搬出来有点承认的意思，有点“认罪”的态度。

好吧，不正常搞得已经是一种“罪”了。

这里我想说一个稍微反面的例子:

我外婆有5个女儿，很多年前，她在看女儿带回来的男友的时候，都是在积极寻找男方的缺点。但这种寻找，是为了放心。

很难理解，是不是？

比如她让我妈约我爸爸打麻将，我爸当时性格着急，嘴里会说脏话，打到后来，老输，一气之下，就扬长而去。一场牌局之后，我爸本来觉得关系闹僵，娶我妈无望。结果我妈去问，外婆居然同意我妈和我爸交往了。

理由是，知道我爸有点脾气，说这在性格上来讲，容易看透，比起那种滴水不漏、看不出缺点的人，要可靠。

我外婆的理论，是一个人一定要有点藏不住的坏习惯，或者难以克服的心瘾，这样的人比较简单，生活中是容易相处的。只要你能忍这个坏习惯，就有长期相处下去的可能性。我一度不理解，这万一当时碰到一个暴力狂，接下去的婚姻生活不就是噩梦了吗？天天被打谁能忍啊！最后证明，我爸一辈子没对家人动过手。

那一夜那一场麻将，他也就是动作幅度大点。这个分寸的分辨力，还是老人家的眼力犀利。

一个在你身边生活的人，一定会有坏习惯。你觉得没有，是你看不出来。你看不出来，一定一定会吃他的亏。

吃喝嫖赌抽，坑蒙拐骗偷，固然是不能碰，但仁义礼信道德标兵，在很多文艺作品里面，都是最后的最大的变态和坏蛋。

好的，不说极端的例子，但这里也一定要反驳一句大俗语。

通常我会听到这样的说法，批评自己和批评别人时都会用到。那就是，“不能在同一个坑里跌倒”。我们要知道啊，这种要求是非常反人类的。克服了这样的坑的人，需要非人类的气质和毅力。我们只要养成了某种习惯和思维模式，就一定会在同一个坑里跌无数次。

例子1：大到无知少女总会找同一款的渣男。

例子2：小到十字路口总会以一个方式跌跤。

例子3：钥匙也会老忘记带。

例子4：爱迟到的人，这次迟到的概率也是99%。

例子5：买股票时，总是高价；卖股票时，一直在割肉。

例子6：身上的肉，怎么都减不下来。

那我们应该怎么办呢？这些都不是好事啊！

业余意见三部曲：

第一步：承认这些事的存在，承认这些事会一次两次地袭来。不用纠结，在这个地方深深自责。因为有人指责成性的话，就会沉溺在“指责”的过程当中，说别人不正常，真的是太容易的事情，且别人难以反驳，骂起来非常爽快。所以那些动不动就说这事、这人不正常的家伙，都是脱口而出，姿势也多。

第二步：真心想要改变的话，就需要像训练动物一样训练自己，严格到自己都没法忍的地步。以减肥而言，真的就是不能吃，不能躺，不能喝饮料，没有任何借口。但不要听那些长篇的意见和循循善诱。动嘴皮子的事耗气不减肉，还会让大脑有“我已经很努力了”的错觉。长谈一次，等于啥都没做。

第三步：还是以健身为例，充分信任身体而不是大脑给出的信号。最简单的开始比最复杂的想事要卓有成效。坚持每天穿着球鞋站在家门口，就是一次伟大的胜利，赛过躺在床上用手指点击购物网站，买各种昂贵的跑步器械。

最后回到标题。

正常，是世界上最难的事。那些不容一分错，而动辄说他人他事“变态”的人，很有可能身上也有更难以启齿的糟糕的事情。同时，他们自己还没发觉出来。

为什么一把年纪才幼稚？

朋友们最近说的故事，都是和他们的爸妈有关系。

有一种中年人的爱情，我们不太懂，却听得很多。

就是四十好几到五十多岁的大叔，原本家庭看起来和和睦睦，经济基础也不错，儿女眼看就要迈向学业尾声，自己也坐稳了高位。突然一个闪神，宣布找到爱情，要和一个小自己很多但环境一般的小姑娘在一起。

胆小的，就以婚外情的形式苟且快活；奔放的，就真的要和原配离婚，哪怕净身出户，也要为爱争取点什么；豪迈的，一连谈了好几个小女朋友，该送包的送包，要买房的买房，旁边人有二话的，通通拉黑屏蔽，名声臭了也没关系。一股老子活了几十年，也该爽爽了的浑蛋气质，盖都盖不住。

我们这些局外人，看这些故事、这帮男的，自然都是在人渣范畴。也没见什么统计机构和组织研究一下：为什么这帮家伙到了功成名就、正当稳妥的时刻，突然要起了任性、自私和疯狂呢？

有一派地域决定论的人觉得，亚洲人的文化，是属于老年人的文化。尊老敬贤，是长久以来的传统，包括过节，清明节．重阳节、端午节，都是和大人们的祭祀与怀念有关。唯一小孩们比较喜欢的春节，上饭桌之前，也要三跪九叩，拜完祖先之后才能端碗吃饭，辈分小的都没法上桌。老外的节日就偏年轻化，圣诞节是要礼物的，万圣节是要糖果的，情人节要巧克力，在乎的是好玩，而非尊重。

这种气氛之下，亚洲传递的文化价值，对年轻人和小孩子，就是一副管理和教育的嘴脸，我们从小都要看大人怎么说、老人怎么看。朝气蓬勃的样子和爱玩的本性都被压得死死的，任务就是好好学习，站到台面上的小大人、小天才、小淑女们都被拉到正面的位置宣传，而贪玩、叛逆、有自己想法的小朋友则以不听话的罪名，被挤压到一个狭窄的空间，控制着、打压着，翻身很难。

我们假设，有这样一个乖乖仔，在众人期许的目光下长大成人，成家立业，有儿有女，有车有房，反正是个三姑六婆挑不出什么毛病的好男人。突然有一天，四十好几了，位极人臣（反正在小城市里位高权重），发现自己处于一个“被管理”的真空状态，因为大家都对他的生活现状无话可说了。这么一个一直被控制的人，突然失去监视，失去指责，失去调教，会不会有那么一丝失落，找不着北？觉得几十年的青春浪费了？因为他一直顺利到变老，似乎没有跳跃起飞的时刻。

偶然有这么一天，有一个可以幼稚的机会，他发了一个脾气，要了一次性子。没人管，没人问，没人责罚。好刺激！是不是还能玩点大的？

所谓老房子着火，一点就蔓延。这种幼稚，一旦被引爆，是很难收拾的。积攒了几十年的憋屈，以“我要青春”的名义发挥出来。

乖孩子要变大渣男，在所不惜，甚至还有点小刺激呢。而且会被视为解决中年危机的一大药方。这个时候的男人们，有钱有权，还有点时间和任性，看起来是相当有魅力的。小姑娘们甚至小伙子们会情不自禁地被吸引。

人渣淬炼出来，也会散发一种毒瘾，让自己和吸食者们难以自拔。在疯狂的行径中，灰飞烟灭，都会被视为一种凤凰涅槃。谁都顾不上燃烧成灰之后的尴尬和寒心。

中年男子们，是在寻找一个突破口，来解决几十年来循规蹈矩的憋屈闷火。这么一说，反倒还是西方那种人，年纪轻轻就把该造的造完了，该折腾的折腾完了。因为，那个时候有体力、有颜值，有更多共鸣愿意疯狂的小伙伴。现在一副老弱病残样子，就是些许折腾，也是伤筋动骨的刺痛。关键是，残局还得自个儿收拾，性价比太差，姿势太丑。

回头路，在自己打算不过了的那一刻，就被封死。并且，最后一段路，就是喊妈，妈妈也没有精力和体力来搭救你了。

为什么我们永远会在乎别人说什么？

2015年有段时间，我都快疯掉了：楼下广场舞越来越吵，6点半就开始，每天循环，不顾雾霾天气。要知道，我居住的楼层在12楼以上，如此反复之后，我投诉到了居委会，工作人员说自己也住在这一片，她没有印象觉得楼下吵啊。我提出等他们放音乐的时候，我就发消息给他们，然后他们验证一下好不。

第二天音乐准点响起来，我发了消息过去。得到的回复是，广场上的确有人放音乐，但声量不高，照道理讲，不会影响到我居住的房间。

“是不是你耳朵太敏感了？”工作人员假装无意识地下了这么一个判断。

“是吗？”

“是不是有点神经衰弱的迹象啊？就是到入睡的时刻，耳朵尤其敏感，甚至会听到隔壁马路车辆驶过的声音。猛一起身，头脑清晰，那股声音就会变弱。”

医盲的我还以为是什么灵异现象发生在自己身上。后来听一位平时喜欢五迷三道的朋友（本来想写权威医学专家）说，这和心神涣散有关。入睡时，刷手机，看微博，攻下一集又一集的电视剧，准备关灯，“心神”没有回到身体里面，还在“外面”乱跑。身体也要一直抓它回来。也就是一直没有办法真正入睡，表面上在床上躺了七八个小时，起来的时候依旧很疲惫，很远的地方有丁点声响都能够吵到自己。

这个朋友还说，古代人家里的宅院再大，轮到自己的卧室，都是偏小和偏暗的，卧室之内还要挂那种完全不透光的窗帘，高处开个小窗户为了通风。就是为了“聚气”，因为人体是有气场的。拿空调来做类比，一匹的体量对应20平方米左右的房间就刚刚好，能够hold住全场。如果房间再大，匹量跟不上，制冷、制热的效果等于没用，冷气、暖气等于白白流失掉。所以，我们也会听说有这种状况，半夜开窗睡，第二天起来，身体像被抽干了一样。而比较容易体验的例子就是去住好一点的酒店时，他们的窗帘有遮光的功能，不拉开的话都分不清外面是白天还是黑夜。这样的情况，比较容易入睡，甚至忘记时差（认床、认房间的不在讨论范围）。

简单说起来，就是入睡前让房间尽量保持安静和黑暗，避免看任何发光体，手机、电视、男神女神都避免。给10分钟这样的缓冲时间，你还没有意识要去计时，一场突如其来的好觉就这么袭来了。

眼看这篇文章就要变成中老年气质的养生专题了，我道听途说的这些保养理论，其实是想说明一件大家这么多年，尤其是明星们这么多年来一直在否认的事情，那就是每个人都会关心路人在说什么，尤其是难听的话。

明星们面对镜头，当然要说:

“我没有看那些负面评论。”

“我都没有听过那些说我糟糕的话。”

“我都不太关心票房的。也是希望越来越好了。”

主题看似跳得有点远，转得有点硬。

我终究想表达的意思是，那些路人的言论，微博下的随意差评，很像是楼下本来不太吵的广场舞曲，也像隔壁几条街突然呼啸而过的汽车噪音。

如果恰巧碰上心神不宁，就会被那些“噪音”打扰，失去判断，入心入肺，却难以入眠。恨不能把那些写差评的人挖地三尺给刨出来，尽情鞭打才能消气。这种坏情绪，每个人都会有，平时看起来EQ高、修养好的人，也会突然犯浑。

因为“病毒”已经乘虚而入。

就是白娘子，也要中招。（此处好想来张动图。）

别说大明星，随便一个上班族，如果有天在公司主动和某人（或领导，或同事，或下属）打招呼，那个人不理不睬冷面路过，也会让人气愤半天。明知道生这种气不划算、不值得。那股火，就算那个人突然过来双膝下跪，也难以浇灭。

怎么解决呢？没法解决。

这和感冒一样，所有的药都是缓解作用。让自己转移注意力，度过最难受的时间点，不去重复叠加，情绪也就稳定下来。

我们以后也要少劝这一句：“不要在乎那些路人说的屁话了！”

完全做不到啊。

再是路人，再是屁话，听了也是难受的啊。

时间是疗伤药，但是当下特别过不去，怎么办？

除了硬扛和转移注意力之外，很难再有第三招。

除了预防，避免听到、看到，以及间歇性恰好性耳聋，没有特效药。

拿刀捅向路人，是下下策。就像我从来没有想过被吵醒时，要和楼下跳广场舞的阿姨们当面对质，痛斥不堪，主要也是打不过。

为什么
世间人情会淡薄?

电影《老炮儿》贯穿着一大段借钱的戏。几十、千儿八百的,还能呵斥兄弟们赶紧上前凑凑;几千块的,找老情人随便嘟囔两句就有;几万、十几万的,在老情人、老朋友面前抽几根闷烟,讲讲当年情就有了;几十万、上百万的,如果不是六爷坚持耍范,其实那位发达了的洋火儿,磨叽几下后,是肯借的(之后那场野湖大战也是打了一架进了局子的主)。

一场戏看下来,六爷还是有几个朋友的。发达的、不发达的,虽然中间表达过为难之情,真需要时,还是梗着脖子硬上。这些,是六爷比较不灰头土脸的一面。

有一个人性测试,这几年,每隔一段时间就被转得风起云涌。大致是教你做一个简单的实验,群发短信(最近的版本是变成微信)向朋友们借钱。肯借给你的就是真朋友。

如果借不到钱，第一就怪你朋友不真，人情实在冷漠；第二就怪你是个失败者，连会借钱给你的朋友都找不到。这个实验的失败之处首先在于太过于生硬，一通电话、一则短信息过去就要借到钱，爷想玩的就是这种不问原因、不问金额、不问何时归还的仗义。不留给对方时间来缓冲，来思考，否则显得磨磨叽叽，显得小家子气。

喜欢玩这种不经大脑的借钱模式的，同样也是喜欢玩餐桌上灌酒，不喝就不是兄弟，不喝就瞧不起兄弟。这样的人，就算勒紧自己裤腰带，也会把给老婆孩子看病、交学费的钱都给你。偏偏这样的人，用你的东西、动你的钱包时，可能也是不由分说、理直气壮的。因为大家相处的习惯模式是这样，小范围的水泊梁山，天地豪情，你中有我，我中有你。

这样的朋友，需要时刻在一起，或者有一份难以言说的人情，值得自己随时为对方插自己两刀。长期以来，心里是有一种需求，期盼着你提一些为难的请求。这样的人，不是过日子的，更像是故事里面的人、江湖里的人，和我们有距离。一般情况下，要么给你一个更为难的借口，要么拿出一小笔钱，不用归还。两人之间，算是不能来往了。

还有第三种人，真有这样的家伙，借钱借成了习惯，常常借钱给你，常常有闲钱，擅长聆听需要借钱的朋友的心声。即便和你不熟，也会痛快答应你的要求。但和他们之间要讲清楚来由、金额和归还方式、时间，并主动提出利息是多少。这样获得帮助的成功率，比起那些酒肉朋友，要高出很多。人情债也不属于难以启齿。

我想说什么呢？就是不管是借钱还是寻求帮忙，我们在开口的时候，要更多地考虑一下当时对方的心态，给他们做决定留有一个正面的缓冲。

人情冷暖，求人办事，一方面是考察自己多年来朋友圈的经营成果，同时也是在考验我们提出需求时的方式方法。一时之间，寻求帮助，吃了瘪，撞了墙。第一秒就抱怨社会冷漠、朋友势利的，平常也不见得就是热心公益、扶老奶奶过马路的红领巾。

结论：借钱从来都不是一场有效的人情实验。

做传销和金融工具的工作人员，为何都能在不是朋友的情况下屡屡得逞？因为他们在气氛上做足了功夫，基本不提老交情。他们说话的背景和语速，都是在激发受骗者的一种情绪，让他们奋不顾身地想做点什么：梦想也好，为子女谋福利也好，老有所为也好，听起来的出发点都是美好且值得付出的。掏钱，本来就是最直接的最理所应当的动作。一旦得逞，他日便永不相逢，目的就是行骗。

电影里面的老炮儿六爷倒下了，那辆豪车的赔款，也不知还有没有人追究？

为什么心灵鸡汤里面有屎?

2016年1月7日消息，周四早盘9点42分，沪深300指数跌幅扩大至5%，再度触发熔断线，两市在9点57分恢复交易后继续下挫，并再度触发第二档熔断线。一段新闻背后的2个小时，全国20万段子手蠢蠢欲动，朝阳区30万仁波切准备放出让大家想开点的句子。

这些句子，平时说出口的时候不觉得怎样，喊喊口号也算顺口，稍微一推敲，真是有点让人哭笑不得，都会觉得，口号和名人名言这事，真要较真，切实执行起来，够呛!

举个例子：要把每一天当成最后一天来过。

本意就是劝慰大家珍惜时间，每一秒都过得有意义，哪怕生命只剩最后一天，也不浪费。一股热血喷在心头，让听者羞愧之前那些蹉跎的岁月。但这个假设存在一个大bug。也就是它是需要前提的，它是需要这个人在嗝屁之前，动如脱兔，身体机能和正常人无异，突然到点了，才光荣“赴死”。有了这个基础，他才有力气、有心情、有能力去帮助他人，充实自己。除非是有个到点的意外在等着他，啪的一下人就没了，属于非正常死亡。人呢，弥留状态是24小时到72小时不等，逐渐衰竭而去，中间的过程漫长又无奈，脑死了身体还在存活。这样，怎么去过有意义的一天呢？喜欢说这话的人，别说自己去经历生死，就是身边人生命值低迷的样子恐怕都没见过。这种话说出来，点燃谁呢？

还有一句话：每一天的太阳都是新的，每一天的自己也是新的。

回忆起自己起床的时候，那懒劲儿，那死不下床的鬼样子，那股还在美梦中有滋有味的痴汉脸。这样的新人谁要啊！按照人体机能的更新状态，人的细胞更替再频繁，也没办法做到24小时后就重新做人。一股清晨起床气，让心灵产生这么大的误会，也是鸡血打过头了。如此心境，稍微碰上不顺，就会破灭，最后还怪在水逆身上。然后人就泄掉，等到明天再一次重启，变成全新的自己吧。重启，也就是清空了一些内存，该有的电脑病毒、该有的缓存垃圾一点都没减少。运行起来，还是又慢又拖的死样子。

第三句话：时刻准备着！

批评这句话需要一些勇气，因为它听上去没什么不对。但这是一句完全不顾客观事实、没有人性的话啊，但又是我们很喜欢要求别人的一句励志台词。

不随时准备着，很多机会就会眼睁睁地错过呀。但“随时”是什么概念，是24小时待机，是7-11的营业时间，是有事没事在门口候着，最后执行的都是无关痛痒的端茶倒水的任务，是没有目的地等待去“伺候别人”……

好多人喜欢去中国台湾和日本，就是因为中国台湾、日本的服务员无差别地伺候你到骨子里去了，工作人员在24小时地贴心伺候你。比较起来，有朋友就会诟病欧洲那边的旅游环境，动不动就罢工，商店开门的时间也没有那么长，每个人的脸都很高傲，一副老娘真不想服侍你的表情。我曾经是很讨厌这种装逼状态的，老子是顾客啊，为什么还不能换来点好服务。后来想通了一点，他们不是自尊心比较强，他们觉得服务人员就是服务人员，没必要那么谄媚和讨你欢心。我们在亚洲（中国台湾、日本）被哄习惯了，反而有点忘记了服务的平等和尊重（扯远了，收）。

我百分之百支持“人是需要有准备的”，是需要有目的有重点地去准备的，中途也需要休息充电，节奏调整好了，整个人的状态才能冲到最高点。

不得不说，目前社会上的机会也是很残忍，它出现的时间地点非常随机。你抽空上个厕所，打个盹，错过一次会议，漏接一次电话，错过也就错过了。似乎需要随时待机，随时待命，随时说自己可以，而且说上就上，迅速交出作品，做出交代。接下来，才能有更多相信自己的领导、贵人和天上的馅饼掉下来。大概齐记忆中，郭德纲说过这么一个老理：年轻人觉得说相声、拍戏很辛苦，上台说十几分钟，候场十几小时。排练不可怕，总待着待着就让人绝望，但这个行业的特性就是，拍戏一生，就要等戏半辈。

为了上面这个前提，我们很多人还是秉持了“时刻准备着”的待机模式，也从中得到了些好处，等待的过程中吸取了经验，抽空小憩一下，和人好好相处，搭建了人脉，而不是那啥站着、熬着、等着。

对，我没有办法不服这句话的功用，只是我对“随时”两字有了些弹性的理解。人有七情六欲，家有喜怒哀乐，机会随时随地也都是在变化着的，我们学会控制一点时间，稍带治疗好自己的拖延症，分配好自己每一段工作的专注程度。

当这句话改成“好好准备着”就没啥问题了，就是听上去太不给劲。我们给领导做保证的时候，显得不够有诚意。所以，还是“时刻准备着”好了，尽管双方也知道，要出点什么意外的时候，拦也拦不住，那就在口头上做到一种变态的完美。就像初见的汉子们在酒桌上，信誓旦旦地给你保证各种事情，你当真了，就肯定会遇到这几天频繁出现的“熔断”事件。

心灵鸡汤，喝的时候图个嘴爽，等到消化到自个儿身体里，就是另外一回事儿了。